非洲的激情果

文學散文 3

秦克雨 著

博客思出版社

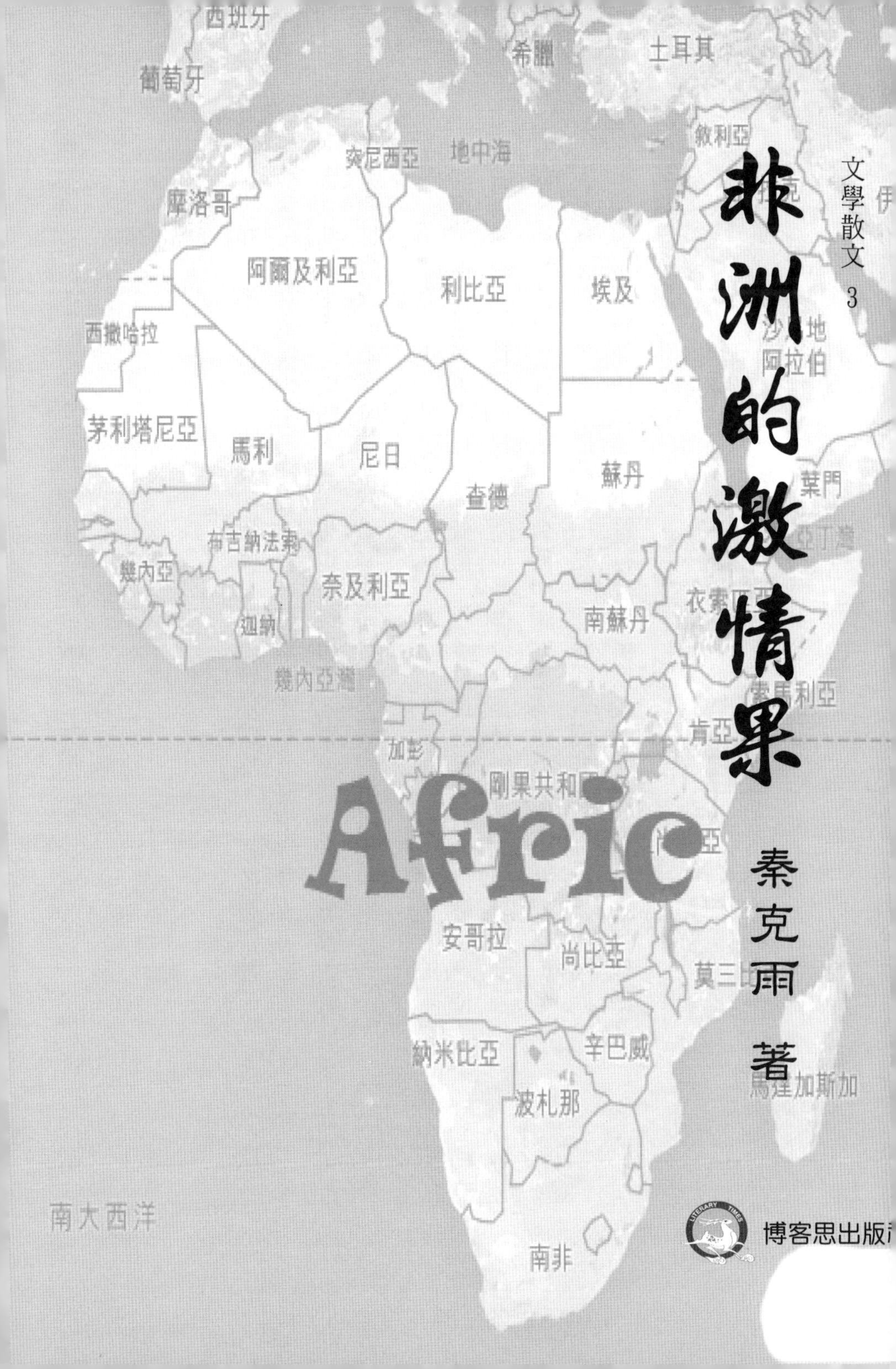

酸甜的人生滋味

在坎帕拉待了半年後，我總是時不時地頭疼。去國際醫院抽血檢驗，不是瘧疾也不是感冒，各項指標均正常，醫生解釋說可能是因為睡眠不足造成的。想一想也不無道理，哪一個書蟲不熬夜，於是我把每天的睡眠時間從六小時增加到八小時，但還是頭疼如故。

我忽然想起在街上碰到過兩位跑江湖的馬賽人，一位提個白塑膠桶，裡面盛滿了土紅色的液體，另一位挎個鼓囊囊的黑書包。他倆很熱情地同我打招呼，我問他們攜帶的是什麼？他們說是馬賽神藥，能夠治療各種疾病，類似於中國的祖傳秘方，由馬賽部落的高人製作。他們很想說服我買一點，那時我剛到非洲，壯實得如同犀牛，根本不需要任何藥物來維持健康。出於禮貌我還是留下了他們的電話號碼，告訴他們哪一天需要了聯繫他們。

有一次頭疼得實在厲害，翻出他們的號碼打了過去，簡單說了一下我的症狀。很快，那位挎黑書包的瘦高個馬賽人坐著摩的到了我們公司樓下。他身上斜搭著一件鮮紅色的坎加，看到我，就從大黑書包裡掏出一紙包藥。我小心地展開包裝，發現裡面是一堆淡黃色的草沫子，我有些懷疑這草藥的功效。他對我的懷疑十分不滿，那可是他們祖祖輩輩流傳下來的秘方，哪容得下你這外邦人來質疑。他顯然惱羞成怒了，大聲說每天用溫水沖服，三天就好，保你精神煥發活蹦亂跳，接著就讓我快點付藥費和他來回的摩的費，沒有任何商量的餘地。

我虔誠又小心翼翼地服藥，一星期後直到我把那堆草沫子吃完，病情沒有絲毫減輕，兩次頭疼的間隙比以前還短了。這讓我想起小時候爺爺家養的那頭黑驢，每晚都得喝上一桶浮著一層麥糠的泔水。馬賽神藥也許對馬賽人有特效，對我這外來者只能算是驢飲了一番。

我們的一位黑人員工建議我說你吃吃這個試試，也許會減輕你的痛苦。那是我第一次認真地在意激情果（Passion Fruit）。我是北方人在山東二十多年從未見過這種雞蛋大小的水果。

我問她怎麼個吃法？

她用大拇指和食指夾住激情果使勁一捏，青紫色的果子扁了中間裂開一條縫，再用手一掰兩半，拿調羹把瓤籽和汁水舀出來，一勺入口渾身便打激靈，酸甜酸甜的，對於像我這樣吃麵條喜歡放醋的人，能夠接受這種程度的酸。我讓她去市場買了一大方便袋的激情果，每天用調羹挖著吃七八個，幾天之後頭疼明顯減輕，又堅持吃了幾日，頭疼居然完全消失，我感受到了這種水果的神奇之處。上網一查，才知道激情果（在廣州叫百香果）含有多種維生素和微量元素，營養豐富，也許是微量元素的缺失導致我頭疼。從此我就愛上了這種水果，無論是去酒店與人談生意還是到酒吧消遣，我都愛點激情果果汁喝，頭疼的毛病再也沒有復發過。

在非洲還有另一種形式的「激情果」，這種激情果與我們華人同胞密切相關，讓我慢慢道來。

非洲的很多鄉村電力還未普及，於是當地政府就在河流湍急水位落差大的河段修建水電站。水電站是大工程，承建的中國公司一下子帶來幾百甚至上千中國人，管設計的、管結構的、管施工的、管採購的、管後勤的各就各位。中國人講究的是效率，無論白天還是黑夜工地上都是一派繁忙景象。幾年下來水電站竣工投入使用，周圍這一帶的村莊通了電，晚上燈光閃耀，夜生活豐富多彩，不必像以前那樣在黑咕隆咚的夜裡只有一項娛樂：孕育孩子。

這幾百甚至上千中國人在修建水電站的幾年裡也改變了當地人的生活狀態。頭一年下來，周圍村莊的豬牛羊幾乎被中國建築公司買光吃光了，他們養的狗也總是莫名其妙地消失，其實都進了中國人的肚裡。於是當地人看到商機，家家戶戶忙著養殖家禽和牲口，以備中國人不時之需。當地黑人除了對中國人偷吃狗肉不滿，其他方面都還可以，畢竟隨著工程的進展，他們的生活水準日見起色。後來當地黑人對中國人又添了新的不滿，因為總有黑人女孩子懷孕。黑人女孩願意為華人生孩子，渴望嫁給中國人，父母也不反對。可是使她懷孕的人，在中國大都有妻室，哪敢在非洲重婚。這可讓懷孕女孩的父母大傷腦筋，滿以為到手的中國女婿，隨著工程的竣工飛走了，只留下一個個的混血兒。中國人承建的大工程周圍總會留下幾個甚至二十幾個混血兒，這些混血兒只知道父親是中國人，至於父親在中國的哪個省哪個城市哪個村莊一概不知，他們是中國人與黑人女孩激情之後留下的果子。這種激情果，對於女孩來說是一生的酸澀和負擔。

我愛作為水果的激情果，也可憐同情那些人為的激情果。因此書名取為《非洲的激情果》。

在旅居非洲的這些年裡，我陸陸續續地寫了一些有關非洲的文章，有幸在臺灣的博客思出版社出版，希望這些文章像激情果一樣含有多種精神上的維生素和微量元素，讓讀者身心受益口齒留香。如果不能如其所願，退其次而求之，只要您讀得順暢，某些篇章能夠讓您會心一笑或有所沉思，我在維多利亞湖這邊也就感激不盡舉杯相慶了。

秦克雨　寫於烏干達坎帕拉

目錄

中國魅力

在非洲，知道並認得出中國歷屆領導人的不多。但是年輕人幾乎都知道李小龍、成龍、李連杰、洪金寶這些影視明星，在郊區或鄉鎮的店鋪前，經常是一群人圍著一個破舊的電視，電視裡正在播放中國武打片，他們看得熱血沸騰，以至於他們認為來非洲的中國人個個都會武功。遇到黑人挑釁的時候，這兒的中國人發發狠樣子，要一套花架子，即使不會武功，也能把他們唬住。當地黑人見了中國人都很熱情，路邊行人看到開著車的我們也往往打聲招呼，成年人會用漢語說聲：你好；小孩子則會大喊：師傅。每當聽到他們大喊師傅，真想下車去教他們兩招，後悔兒時不曾學過武術。

有次我去稅務局辦事，大門外有個擺攤烙大餅的小夥子把我攔住了，要求我和他聊聊，說可以免費給我吃張餅，看著大街上飛揚的塵土隨時會跌落到麵盆和油鍋裡，我說不必了。他說他非常喜歡成龍，成龍所有的電影他幾乎都看了，家裡床頭都擺滿了成龍的光碟片，雖然都是盜版的，也許播放時的畫面模糊不清，但這也阻擋

不住他對成龍瘋狂的熱愛。連非洲小夥子都這樣愛成龍，終於可以理解為什麼當年成龍結婚的時候他日本的女粉絲絕望地去自殺。

我說我很忙，你有什麼事情就直說。

他說：我很愛武術，我想去中國學武術。你能幫我想想辦法，聯繫個教武術的學校麼？

我說：好呀。你準備好機票和學費錢，去中國大使館申請到簽證就可以去了。他問我，一年往返機票多少錢？

我說一千多美元吧。他興奮的眼神立即黯淡了，嘴巴張的大大的，說怎麼這麼貴？

我問他賣大餅一天能賺多少錢，他說兩萬先令左右。合成人民幣四十元，換成美金不足六元。我說你連續幹兩百天才能買張機票，等你賺到機票錢的時候再聯繫我，我經常來稅務局辦事，很容易找到。他很失望地看著我離去。

這是幾年前的事情了，烙大餅的小夥子早就消失在稅務局的大門外了。隨著中國經濟的發展，對非洲的影響力也越來越明顯，非洲人對中國的瞭解程度也不斷在加深，終於知道了電視中的瀟灑的武術招式離普通中國人其實很遠，大部分中國人根本就不會。但中國人有錢是真的，就有些小偷動了搶劫中國人的歪點子。他們第一次搶劫時，面對中國人耍的花架子，一定害怕過，真正交手了，才知道敵不過他們的蠻力。所以非洲搶劫中國人的案例越來越多，幾乎每次都有收穫。

當然大部分非洲人都是好人，當地的商人頻繁地乘航班去義烏、廣州、深圳進貨。一進白雲機場，就以為到了國外，黑壓壓的全是黑人。更有不少家庭富裕的家長送孩子去中國文、學電腦，認為現在跟著中國人學習，將來跟中國人做生意，准沒錯，等著孩子的是大好前程。每次去中國大使館辦事，都能看到排隊申請去中國的當地人，而離中國大使館不遠的朝鮮大使館，冷冷清清，門口少有人進出，牆外玻璃窗裡張貼著金正恩的照片，胖嘟嘟的臉蛋永遠在歡笑，注視著過往的行人。

然而更多的是望「中」興歎的窮人，他們十分想去中國，但是迫於金錢的壓力，只能默默看著別人頻繁地在中國和非洲兩地往

返。這邊堵車厲害時，我就坐摩的上下班，常有司機抱怨，開摩的一月幾乎掙不了什麼錢。就問我能否把他們介紹到中國去打工，只要能掙錢，什麼樣的體力活都能承受得住。甚至一個摩的司機告訴我，如果我給他介紹成功了，就把前三個月的薪水全給我，作為我的傭金和報酬。他們知道，中國工廠多，這邊市場上百分之九十都是中國貨，到了中國一定很容易找工作。

有個摩的司機，跟我認識很多年了，有急事堵車時我經常坐他的摩的。一個星期天，他很鄭重地約我去當地一個叫做「赤道」的酒吧。我不想去，我認為他是想讓我請他喝啤酒。但經不住他三番五次地打電話來騷擾，我就開車過去了。他坐在臨湖的木椅子上，面前的木桌上已經擺好了兩瓶德國黑啤。他請我坐下，並且說這啤酒他來請。

直覺告訴我，他要向我借錢了。我已經總結出了他們借錢的經驗了，而且往往是有借無還。一般黑人向我借錢，我只是象徵性地給他們一點，算是捐贈。

迎著湖面吹來的涼風，他喝了一口啤酒，他的頭從桌子上靠近我說，我遇到困難了，需要你的幫助。你知道我有五個孩子，老婆去年病死了，五個上學的孩子要了我的老命。我從早晨六點出車，一直開到晚上十一點才回家，但就是這樣也籌不夠孩子們的學費錢。

我果真猜的沒錯。

他說，我看過報紙，知道你們中國有很多急需換腎的人。以前病人可以用死刑犯的腎來換，現在你們政府嚴令禁止，所以很多病人只能在病床上痛苦地等。腎源短缺，腎價高漲，你看能不能幫我聯繫個病人，我想去中國賣一個腎。這樣我孩子們未來幾年的學費就有保證了。並且回來後，我一個腎也能開摩的拉客。

我聽了一陣心酸，把兜裡的先令掏出來給了他一些，並且堅持由我來付啤酒錢。

我告訴他，我不敢保證能幫他找到這樣的病人，但我會盡力的。

我說，我會把你介紹給這裡眾多的中國朋友，讓他們有事都來

坐你的摩的。

他說好。他仰起脖子把剩下的黑啤一飲為盡。站起來，伸出手，重重地跟我握了握。轉身啟動他的摩托車，跨上去，嘟嘟地響著上街繼續拉客去了。

中央有人

那年來烏干達的飛機上，前後左右都是中國人，暗自慶倖聞不到外國人的狐臭了。十來個小時的旅程，待坐的無聊，於是大家攀談起來，問彼此要去非洲的哪個國家，因為大家都要在衣索比亞的首都阿迪斯阿貝巴機場轉機。

不熟悉的中國人見了面聊起天來，不像英美人那樣不問對方底細，只談談天氣、誇誇對方氣色好。中國人則愛問，你是幹什麼的，當你說出了自己的職業和大致的薪水，對方在心裡估摸一陣子，才能根據你的身價來表現出對你應有的態度。因此我吹牛逼，把自己的薪水提高了一倍，才沒有遭到他們對我的鄙視。坐我身邊的這位中年男人，禿頂凸肚，臉頰肥得簡直要高過鼻樑，眼睛眯成一條線，對任何人都笑嘻嘻的。他要去喀麥隆負責他們公司的一個建築項目，他對走道對面的那位高個子女人饒有興趣。那位女人身材高挑，體態豐盈，一動不動，但渾身都是邀請，又長髮披肩，煥發出成熟女人的無限魅力。我是健壯的小青年，自然想多看她幾眼，多和她

說幾句話，但隔著身邊的這位肥頭大耳的中年人，我多有不便。他為了深入地瞭解那位女人，便把頭歪到走道中間，極有興趣地問那女人在安哥拉的具體情況。漂亮女人就滔滔不絕地講起她家在安哥拉的產業，涉及船業、漁業、酒店和地產。女人帶著一種驕傲的表情敘說她的光輝事業。但眼神並不只專注於中年男人的胖臉，有時也嫵媚地看我一眼，前排的那兩位小夥子也沒有被冷落。這就使得每一位男士都得洗耳恭聽。

正聊得起勁，空姐推著冷飲車過來了，我點了一杯蘋果汁，中年男人要了一小瓶葡萄酒，那女人則點了一杯礦泉水，也許她說累了需要水來滋潤一下乾燥的嘴唇，好發出永遠誘人的光芒。女人喝水如品茶，喝了幾小口就停下了。中年男人卻把葡萄酒塞到了隨身攜帶的黑色筆記本包裡，在他塞進包的一瞬間，我看到同樣的葡萄酒已有三小瓶了。當空姐推著冷飲車來收空杯子時，他又點了一杯橙汁，喝得津津有味。女人聊完了安哥拉，又聊起國內的情況，中年人仰頭喝完最後一口，放下杯子又歪頭到走道中。不知為什麼，忽然大家聊起了人民幣的面額問題。女人抿了一小口水，很在行地說，伍佰元面值的人民幣過兩個月就要發行了。禿頭男人說，不會吧，要出應該先出貳佰的，伍佰的面值太大了。他第一次沒對女人的話表示贊同。那女人笑笑說，不相信吧，其實我也不太相信，但我們上面有人，中央的一舉一動，我們家一清二楚。要不，我們在國外也不會有這麼大的產業。

那時我正在讀陳志武先生寫的《金融的邏輯》，明白了一些經濟原理，知道出伍佰面額幣值的可能性不大。女人覺得威懾不了我們，無法讓我們心服口服，便露出一絲鄙夷的神色說，知道周小川吧？知道，知道。我們異口同聲地說。

那是我舅舅！！

啊！！

看到我們這種先驚訝後仰慕的神情，女人得意地笑了笑。細長白嫩的右手端起水杯，送到嘴邊，優雅地抿了一口。帶著滿足的神情倚到座背上。

中年人更是殷勤了，要她在安哥拉的電話號碼，他說我們公司在安哥拉也有業務，到時可以考慮一起合作。

那女人淡淡一笑說，大哥，有緣我們還會相聚的。

轉機了，大家相互告別，我比較累，在轉機口的躺椅上睡著了，到了檢票時才被擁擠的人群驚醒，就隨著人群迷迷糊糊地驗了票登上了飛往烏干達的飛機。小飛機顛簸得厲害，我身旁的那位白人老頭不停地在胸口劃十字，好像上帝就在萬里高空注視著他。我還是昏昏沉沉，像得了瘧疾一樣，又迷糊了一路。

到烏干達幾個月後的一個夜晚，朋友邀請我去中國人經營的一個叫香格里拉的 KTV 唱歌。那裡是中國小姐的根據地。當然，我們只唱不娼。誰都知道，非洲愛滋病猖獗，誰也不敢長驅直入。

但老闆娘可不管那一套，拼命地向我們推薦：我們這裡來了一位新姑娘，身材面貌一級棒，讓她來陪大家喝杯酒好不好？

我們也不想掃她的興，勉強地說，好吧。

老闆娘開門出去喊了兩聲，茱麗葉，茱麗葉，茱麗葉。

茱麗葉來了，她身材高挑，體態豐盈，一動不動，但渾身都是邀請，又長髮披肩，煥發出成熟女人的無限魅力。

我操，這不是周小川的外甥女嗎？

我絕對沒記錯，除了有和飛機上那個女人一模一樣的身材和面孔，她的左耳垂上也長著一顆小小的黑痣。

洗澡往事

我是接受不了窮遊世界的，渾身髒兮兮的，背著一個油膩的行李包，出沒於世界各地的大街小巷和著名景點。為了省錢，不停地翻找便宜的旅館、打折的機票，一副以最小的代價來占盡世界便宜的架勢。事後還津津樂道自己花最少的錢周遊了遠方眾多的地方，遠方的風景留在他回憶裡的也盡是便宜的印象。我最受不了的是窮遊中不能按時洗澡，一身的酸臭氣隨時跟著自己。

多年生活在熱帶，一天一洗澡成了我的習慣。想起小時候北方的家鄉，冬天天寒地凍，哪有洗澡的地方，澡堂在二十里外的縣城，對於不怎麼出門的鄉民來說遙不可及，即使離的近，也沒有多少鄉親捨得花兩塊錢去澡堂泡個澡的。我們往往就是一冬天不洗澡。後果就是，在厚厚的棉衣包裹下的身體區（刪）黢黑黢黑的，等到暮春天氣，穿上單薄衣服，趕到暖得發熱的中午，身體癢的不行時，跳進池塘，才得以洗去積攢了一冬一春橫跨兩個年份的泥垢，然後赤溜溜地躺在岸邊，任春風肆意撩撥吹拂，那個輕鬆勁兒，好似一

個二百斤的胖子一覺醒來，減了八十斤。

大約是上小學五年級時，父親帶我去縣城他的朋友家做客，那時將近年關，他朋友的兒子拉著我去澡堂泡澡，我聽了很興奮，長這麼大我還沒有進過澡堂。從視窗買好票，走進一個長長的走廊，走廊兩側擺著帶格子的衣櫃。脫了衣服，塞進衣櫃鎖好，把鑰匙套在手腕上，打著寒顫，走到走廊盡頭，盡頭是一個木門，拉開木門是一個垂掛著的棉被，掀開棉被才是暖暖的澡堂。澡堂四周隔幾步就有一個噴水頭，中間一個大圓池子，裡面泡著十幾位四五十歲的大人，我進去時他們在大聲說笑，我剛想踏進圓池裡，他們忽然停止了說笑，所有的眼睛一起瞪向我，我感到極不自在。好像我做錯了什麼事。低頭的那一瞬間我猛然明白了，澡堂裡所有的人都是白晶晶的，只有我身上黑炭一般。第一次我為我身上的黑泥感到難堪。在他們的注視下我舉步維艱進退兩難。只聽到一個人說，你先到噴頭下用熱水好好洗洗搓搓，把身上的泥洗乾淨了，再來池子裡泡，要不這澡堂成墨水瓶啦。澡堂裡的人都哈哈大笑起來。又聽到一個人說，這是誰家的孩子，大人怎麼這麼不負責，平時也不督促孩子洗洗。

進這個澡堂之前，我以為大家都和我一樣，一年洗不了幾次澡。我害羞難堪的要命，在他們的說笑中極不自然地洗完了澡，穿衣服時，看到自己身上白了不少，心裡也感到莫名的輕鬆，回到父親的朋友那裡，父親問我，洗乾淨了沒有，我很高興地說，洗乾淨了。那一會我認為，我是我們村裡最乾淨的小孩，他們要等到來年春天在池塘裡才能洗淨自己。

我父親說，那我檢查檢查。說著在我耳後脖跟處使勁搓了搓，他一下了就搓出一條軟綿綿的黑泥來。

長大後到了南方，逐漸養成了一天一沖涼的習慣。來到非洲，這個習慣更是堅持著。因為天熱，不洗淨自己，渾身黏糊糊的難以入睡。穿過一天的衣服第二天絕不敢再接著穿，沾滿汗水的衣服，經過一夜的發酵，泛出酸臭的氣味。多年以後，讀到臺灣作家三毛的《沙漠觀浴紀》，說在非洲撒哈拉澡堂裡，婦女們用瓷片刮身體，黑色的泥水順著身體往下淌，於是地上便佈滿了縱橫交錯的黑色的河流。以我的經驗看，三毛這樣寫，寫實得很，絕沒有誇張。

有一次，我去當地加油站旁邊的洗車點洗車，我停了車，旋下車窗，看到十幾個洗車工人，硬生生的把一個人的衣服給扒光了，衣服撇進了水池，光溜溜的小夥子站在陽光下黑得閃閃發亮，洗車的工人們，有幾個手持木棍，大聲呵斥他，不能動，一動就要挨棍子。我很納悶，不知道他們搞的是哪一套，只見一位工人提了一桶水在離裸體小夥子兩米的地方停住，傾起桶來使勁把水朝他身上潑去。我招呼來一位，問他，怎麼回事。他笑嘻嘻地說，這人太懶，從不洗澡，熏得大家受不了，於是大夥兒用老辦法給他洗澡。讓他體驗下羞辱的味道。以後就不敢不洗澡了。我說我能拍個照片嗎？他說不能，如果給他看見了，他砸了你的手機，到時別怪我沒提醒你。後來在別處我又看到過幾次大夥兒當眾把人衣服脫光了強行洗澡的事，才明白這確實是他們的傳統做法。不過，我看到的被洗澡的都是男人。

一想到那個油亮亮的被大家圍著強行洗澡的黑人小夥子的往事，我就記起我渾身黢黑想走近圓水池泡澡的那尷尬一刻。我們在不同的時間不同的空間有著相同的因為不洗澡而被羞辱的經歷。

神奇的豆子

讓中國人引以為傲的除了古代的四大發明，我覺得還應該加上一個豆腐。豆腐的發明者是春秋戰國時期的樂毅，西漢時期的淮南王劉安把豆腐的做法記錄在了《淮南子》一書裡。從此豆腐成為上至王公貴族下至平民百姓都喜歡的一種食物。後來豆腐的做法傳入日本、高麗等周邊國家。在古代，中國就已引領食尚。那些像小蟲一樣的蠻人，在豆腐的滋養下，逐漸高大起來。

在坦尚尼亞工作過兩年，兩年之內竟沒有吃過豆腐。那時當地黑人不會做，中國人又不屑去做。做豆腐的，歷來都發不了財。常言說：「黑夜思量千條路，清早起來依舊磨豆腐」。汪曾祺先生寫過一篇小說《辜家豆腐店的女兒》，道盡了做豆腐人家的辛苦和心酸。過了幾年，來到烏干達。聽說有個中國人在此做豆腐，竟然發了小財。他利用賣豆腐掙的錢開了家超市，又利用開超市掙的錢辦起了貨運公司。這簡直是，蛋生雞，雞生蛋，雞雞蛋蛋一大片的傳奇故事了。雖然發了財，他也沒有忘記本業。在坎帕拉繁忙的批發市場，總有一位當地小夥子，提了一筐白嫩的豆腐，上面蓋著米黃色的紗布，向每家中國人的商店裡送。這豆腐就是從發了財的中國人的豆腐坊裡批發來的。

人總是不知足，能吃上豆腐了。我還想吃豆腐腦，小時候吃習慣的食物，長大後總是念念不忘。可能是豆腐腦的做法更複雜，幾年來在烏干達未曾吃到過。於是就非常懷念家鄉的豆腐腦。我們陽谷縣城有家孟家豆腐腦店，他家世代做這項生意，有上百年了。上學時經常去那兒吃。半碗鮮嫩柔滑的豆腐腦，配上兩勺子燉雞的老湯，外加一撮炸得焦黃的面葉，一把香菜，幾滴香油。就著兩個饅頭把早餐吃的滿嘴飄香。學生飯量大，老闆也實在，可以免費加湯。有的學生買一份豆腐腦，加兩次湯。有的學生講衛生，堅持用自己的茶缸盛豆腐腦，吃完自己洗刷清理。大冬天的，冷水洗茶缸，凍手。但為了吃得放心只好忍著。但是，我的一位同學一周就洗一次茶缸。每週一早晨買一份豆腐腦，就著饅頭把湯喝完。剩下的豆腐腦留著不喝，蓋上茶蓋，放到寢室窗戶的外沿上，任凜冽的北風把它凍住，壞不了。第二天早晨，他就加入免費添湯的隊伍裡，加滿湯之後就著饅頭，再次喝完湯，剩下豆腐腦。就這樣一直用週一買

的豆腐腦作為老底，免費添湯喝到週六早晨。等到週一再買一份新的。那位同學清瘦的身影至今還存留在我的記憶裡。多年以後，在內心深處，他一定會感謝那位他買一份豆腐腦給他免費添一星期湯的「糊塗」老闆。

寫到這裡，恨不得買張回國的機票，去家鄉陽穀喝一碗正宗的孟家豆腐腦。

我所在的烏干達，豆類豐富，是出口最多的農產品之一。豆子也是烏干達人特別喜歡的食物。但是他們的吃法簡單，很原始。同幾百年前的祖輩一樣，都是加鹽煮了吃。濃濃的一鍋冒著香氣的豆，挖一勺鹽澆在玉米糊上，就用手或叉子狼餐虎食起來。我們店裡的員工認為這樣吃最有營養，為了證實他的說法，他同時曲起胳膊，使勁秀一秀他隆起的肌肉。

一天中午，我們做了一份亂燉的菜。菜裡有雞肉，豆腐，豆芽，腐竹。量大吃不完，於是分給了門口的搬運工一些。他是穆斯林，很想吃。卻一直在問：裡面沒有豬肉吧？

我說，沒有。

吃之前他又問了一次：確定沒有豬肉？

我說，你不吃我給別人了。接著他就大口咀嚼起來。

他先是讚美雞肉和豆腐。等到他吃起腐竹時，皺起了眉頭。問，這是什麼肉？

在他吃肉的經驗裡，這不是雞、牛、羊、魚肉。他很怕吃到豬肉、蛇肉、貓肉、狗肉和老鼠肉。在他們的觀念裡，中國人無所不吃。而且凡是中國人想吃的東西，都能做得好吃。

我說，這也是用豆子做成的。

真的嗎？他將信將疑。

將豆子做出肉滋味來，他平生第一次感受到，並且覺得中國人很神奇。

非洲的驢子

眼下國內正值冬季，驢肉火燒驢肉火鍋在北方比較受歡迎。由驢皮熬製而成的阿膠更是貴的離譜，還供不應求。問題是，一頭矮小的幼驢長成一頭高大的成年驢需要幾年時間，週期長成本高，全國人民的胃口又大，造成國內驢子短缺。人們在酒店的火鍋裡撈起熱氣騰騰的驢肉，是真是假，令人堪憂。小時候我們馬莊幾乎家家有驢，驢勁大，可以拉車犁地，幹起活來一點不輸牛馬，牠撒在田地裡的汗水並不比使用牠的人少。那時候在農村誰捨得吃驢呢？牠頂一個勞力，少了牠，諸般農活無法進行。後來這些年有了機械，逐漸取代了牲口。驢便顯不出重要來了，於是殺驢吃肉在農村逐漸盛行。由驢皮熬製成的阿膠，經連續劇《甄嬛傳》裡面妃子們一宣傳，火遍大江南北，女人們滋身養顏似乎全靠它了。

一個周日早上正睡懶覺，忽然被國內一同學打來的電話驚醒了，說我在非洲多年，有沒有門路弄些驢肉運到國內銷售。今年山東濟南、聊城等地驢肉大火，供不應求。

我迷迷糊糊地說我想想。

我努力回憶這些年在非洲見過的驢子。因為常年待在烏干達首都坎帕拉，見驢的機會不多，到是見了不少驢脾氣的人。幾年前我幫朋友去坦尚尼亞沙蘭港提車，返程時顧了一位當地司機，他載著我一路從東到西貫穿了整個坦尚尼亞，由西部邊境進入烏干達。在坦尚尼亞的中東部，路兩邊都是寬闊的草原和樹木掩映著的稀疏的村莊，沒有發現一頭驢子。只有成群的牛和羊，由一個衣著破爛手執一條長木棍的少年看護著，在藍天白雲下微風中安靜地覓草吃草。當天夜裡我們在中部城市杜篤瑪住宿，翌日清晨，我吃了黑人婦女烙的油餅，喝了一大杯薑紅茶。隨即就上路了，又趕了一天，快到與烏干達交界的邊境時，我看到拉車的驢子，車子與我們山東老家的地排車相似。車裡裝著成捆的綠色的飯蕉，成筐的番茄，一尿素袋子的木薯，木薯撐破了袋子露出一根白白的莖。坐在車頭趕車的都是十幾歲的小孩，過一段路就能看到這樣的一輛驢車。驢子普遍比中國驢小一號，銀灰色的，拼出全部力量行走在夕陽下和小夥子細木條的驅趕中。由此我得出結論，坦尚尼亞西部山區農人多養驢，並且驢是他們重要的運輸工具，以當地人現有的條件大部分

人買不起車，這就更顯出驢的重要性來。

有半年多時間我幾乎每週都去一趟烏干達與肯亞邊境交界處的小城 Malaba。每次待上幾個小時，當天再返回首都。一路上從未見過驢影子，路過一片原始森林時到是見了不少狒狒，可憐兮兮地蹲在路邊望著急馳而過的車輛，巴望著有人從車裡投擲香蕉和芒果給牠們吃。但在 Malaba 的商業街上，我見到過三頭驢，低頭狂吃街兩邊水溝邊沿上竄長出來的青草。這幾頭驢身材不高，但很寬厚肥碩。甚至有一頭驢肚子鼓得圓圓的，估計有了身孕。我問我們的客戶，這幾頭驢是誰的？我想把牠們買下來養在我們公司的後花園裡。客戶說有空了幫我問問，他又說在他的印象裡從沒有人餵養過牠們，一直在街上或周邊有草的地方轉悠，但如果你要買的話，就會有很多「主人」出現。街上的酒鬼和遊手好閒的年輕人都聲稱自己是驢的主人。

等我下次再來 Malaba，他給我具體答覆。

那次我返回首都坎帕拉就在微信群裡看到有一中國人在賣驢肉，事先徵集訂單，夠一頭的份量就偷偷殺一頭。當地人不吃驢肉，政府也禁止殺驢，他賣得比國內還便宜。起初他的生意挺紅火，在殺了十幾頭之後，突然停手不做了。不知什麼原因，也許被別人告發了，以防吃官司，匆匆潛逃。

不久我又去了很多次 Malaba。但再也沒見到那幾頭在街上悠哉悠哉吃草的驢。也許別處水草豐茂，牠們舉家搬遷了；也許被愛吃驢的中國人發現，偷偷宰掉了。我聽說過肯亞雖禁止殺驢，但那兒有中國人開辦的屠宰廠，白天合法殺牛晚上偷偷宰驢，驢皮和驢肉再經中國老闆的巧手操作，海運到遙遠的中國。才幾年老闆就掙了個金缽滿盆。這樣下去用不了幾年，肯亞就無驢可殺。那樣他們會轉戰坦尚尼亞，等坦尚尼亞無驢可殺，他們還會轉戰尚比亞。用不了多久，整個非洲大陸的驢會被中國人吃得乾乾淨淨連皮都不會剩。那麼驢最終會成為稀有動物處於瀕臨滅絕的危險之中。

所以我絕不會做驢肉生意了。一想起 Malaba 小城那幾頭無端消失的驢，心中就有些莫名其妙的愧疚和心疼。

大家拿

我們那兒的一位諷刺詩人曾在《齊魯晚報》上發表過一首詩，我還記得其中三句：「外國有個加拿大，中國有個大家拿，生產毛線拿毛線……」那時還是九十年代初期，大家都還未脫貧，在工廠上班如果有順手牽羊的機會，絕不放過。沒有機會拿，也會製造機會拿。你拿我不拿，那我不吃虧了麼，於是大家都搶著偷著拿。

畢業後來非洲，發現這裡的一些人拿人家的東西更是理所當然，而且還能上升到宗教的高度，他們是這樣想的：世間萬物，所有的東西都是上帝賜予我們的，我拿你的就是在分享上帝的禮物，沒什麼不應該或大驚小怪的。幾年前，我們公司做五金生意。一天我在櫃檯裡正收錢開發票，其中一位當地店員在商店一角，背向我們彎下腰做出一副正在整理貨物的樣子，卻把一打一打的叉子和調羹塞進裹住小腿肚子的襪子裡。他這一系列的動作極為麻利，以為我在驗鈔巧妙地躲過了我的眼神。我走到他跟前，一把抓住他的衣領，他嚇得一哆嗦，十幾打贓物緊緊扣住他的小腿，掩藏在肥大的褲子裡。

在非洲，每一個想不勞而獲的人都得有一雙長腰的襪子，幸運的時候向裡面塞錢，一般的時候向裡面塞物，倒楣的時候被人揪住。他現在就被我揪住了，我讓另一位員工沒收了他的贓物脫了他的襪子，取了一把剪刀，剪去了襪子的長腰。我這才鬆開抓住他衣領的手。告訴他別動，已經報了警，過一會警察來了把他帶走。聽到警察他驚慌了，趁我們不注意撒腿就跑。等警察緩慢到達，他早已不知去向。給了警察一點小費，想把警察打發走，警察又向我們免費索要了一個電插板一個手電筒，說是給孩子用。

一個月後一天早晨，跑掉的店員又出現在了我們的店裡。乞求道，再給我一次機會吧，以後絕對不偷了，家裡老婆和剛出生的孩子還在等我拿錢回家買玉米麵。

他穿得破破爛爛，米色T恤上裂開了幾道口子，露出他的腹肌，比以前消瘦了很多。我看他這幅模樣怪可憐，心想只要他痛改前非，我沒有理由拒絕再給他一次機會。但我又轉念一想，不能這麼輕率地做決定。於是命令他脫掉鞋子，捲起褲管，一條嶄新的灰色長腰襪子幾乎高到了膝蓋那裡，似乎比以前那雙更結實更有彈性。賊性還是未改。我心裡一冷，對他說，快點走，別讓警察逮著你。

我們的五金店在二樓，倉庫在四樓。每次卸集裝箱，往倉庫裝貨。都要靠這兒的小夥子們一箱一箱地從底層用頭頂上去。他們的腦袋有著驚人的力量，頂上一百公斤的貨物爬樓梯，穩穩當當甚是輕鬆，絲毫不耽誤說說笑笑。一樓到四樓的倉庫，每一層的樓梯拐彎處，對他們來說都是條光明大道，只要他們頂著貨物改個方向，就能從這棟樓的另一些門裡跑出去，頭上這些貨物一倒手幾個月的吃喝就不愁了。以前沒有經驗，不知跑掉了多少貨物。因此，公司一到卸集裝箱的時候，我就萬分緊張，總是要請幾個同胞來幫忙，有幾次甚至還把不遠萬里來此宣傳基督教的王牧師夫婦也請來了，站在樓梯的每一處的拐角，監督著光著膀子頂貨的小夥子們，以確保貨物萬無一失到達倉庫。

每個集裝箱的裝卸費都是固定的，但是卸貨的小夥子們並不固定。他們平時在大街上喝酒抽煙，打趣過往的漂亮女孩，特別是那種腰細臀大的女孩，總能引起他們的尖聲叫喊口哨連連。一看到哪個商店的老闆要卸集裝箱了，他們就蜂擁而去。一般我都是請這棟樓的保安來管理他們，卸貨之前，統計好人數，保安轉備好一張A4紙，挨個寫上他們的名字，令每一個人簽上字，最後再由保安高喊著名字確認一遍。卸完櫃子，總錢數除以總人數就是他們每人所得的報酬。人越少，每人所得的報酬就越多，但卸貨的時間也就更長。

我都是安排在晚上十點以後開始卸貨，這時擁塞繁忙了一天的大街空了下來，夜裡也不會有假冒的稅務局或質監局的人來勒索。每次卸完貨都是淩晨兩點左右。我鎖好倉庫門，謝了來幫忙監督的朋友們，說好當晚請他們去中國飯店吃飯。處理完這些事情，我終於鬆了一口氣，同事感到疲憊不堪。拖著沉重的步子走向停在街角的小車，人影在地，夜空裡星星點點，我睡眼迷矇，想著趕緊回去睡個安穩覺。

剛一啟動引擎，就聽到有人在敲車窗，我旋下車玻璃一看，是剛才卸貨的小夥子。我急著走，問他怎麼回事。他嘰裡咕嚕用英語夾雜著斯瓦西裡語說了一通。我琢磨了一下，才曉得他是加塞進去的，看人家卸貨，他們跟著卸貨，並沒有在保安那裡簽名確認，以為只要卸貨就有錢得。

我說，你去找保安，他負責。

他抓著車門說，我找過他了，他不給。

他不給我也沒有辦法，我們都是按規章制度來辦事的。

他這樣聽我一說，眼裡有些絕望，撲通一聲跪在了地上。

求求你，老闆，把卸貨的錢給我吧，我是餓著肚子卸貨的，到現在還沒有吃晚飯。

但那一會我又疲憊又煩躁，哪有心思揣摩別人的疾苦。我旋上車玻璃，加速離開了。

幾年過去了，那個對著車門給我下跪的小夥子的臉時常浮現在我眼前，讓我羞愧不堪。如果當時我我給他一點錢，公司和我也損失不了什麼，還讓他能有一個吃飽飯的夜晚。

神奇的大樹根

在坎帕拉最繁忙的威廉姆街上，經常有手裡提著一捆捆樹根的黑人小夥子來回走過。這種樹根，是非洲櫻桃橘的地下之莖，呈乳白色，大拇指般粗細，筷子般長短，明淨新鮮，汁水飽滿。幫人扛貨出力的員工、忙於計算金額的老闆，在閒暇之餘，就叫住賣樹根的小販，付幾枚硬幣，在一捆樹根裡抽出自己最滿意的一根，不擦不洗，塞進嘴裡就大嚼特嚼一番，吃完還讚不絕口，嘴裡一直在重複：使你強壯，使你強壯，尤其是在床上。

對於他們吃樹根的奇異風俗，我很感興趣，但對於其壯陽的作用，我表示懷疑。我們的黑人員工哪裡容得下我質疑他們引以為自豪的東西，那位叫 Tony 的員工為了維護他們國粹的尊嚴，特意用他自己的錢為我買了一根，讓我吃一吃試一試，目的是當場測驗效果。我拿到水龍頭前徹底把它清洗了一番，像他們那樣大口咀嚼了幾下，一股腥腥的苦澀的味道在我口腔裡迴盪。我受不了這種味道的折磨，哇的一口全吐在了垃圾桶裡。當地員工們哈哈大笑，笑我

不懂他們的好東西，為了不再讓我暴殄天物，Tony 從我手裡接過剩餘的樹根，三下兩下就吃淨了。

有次回國，一位從事醫學研究的朋友托我帶些烏干達神奇的樹根回去，他想研究一下樹根的化學成份，看看能不能從中提取出壯陽的原素來，製成像萬艾可那樣讓全球男人重振雄風的良藥。為了支持他的研究，我特意買了二十根，紮成一捆，上了飛機。在國內出機場時，工作人員要求我開行李箱檢驗有無違禁品。樹根顏色如象牙一般，極惹眼，那位禿頂的海關工作人員一眼就看到了樹根。問我，這是什麼？

我說是烏干達的一種樹根。

幹什麼用的？

傳說能壯陽。

禿頂眼前一亮，繼而又陰沉了臉，說，你不知道嗎？國外的動植物不經國際有關部門的鑒定，是不許隨便入境的。

我感覺要完了，朋友研究的物件要泡湯了。

鑒於你是第一次，原諒你，但要沒收一半。

出了機場我只剩下了十根樹根。

在國內諸事纏身，過了兩天才想起趕快把剩下的樹根快遞給朋友。打開行李箱一看，一股腐味直沖鼻孔，正值暑熱之際，竟有七根腐爛長毛了。急忙把剩下的三根快遞出去。可能朋友收到時也已腐爛長毛了。但他沒再聯繫我。

還有一位廣東朋友，瘦得像猴子，矮得像筷子，來烏干達考查市場，可能考查得不盡如意，回去時悶悶不樂。唯一的收穫就是帶了一大捆樹根，足有五六十條之多。國內正值隆冬季節，不用擔心腐爛長毛。如果順利出關，拿回家，存放在冷藏櫃裡，需要時吃上一根，豈不美成仙人。他說在黑人的鼓動下，已經當場吃了一根，效果很好。

與這位朋友相處了短短幾天，也如前一位朋友一樣，他離開烏干達後，彼此沒再聯繫。

兩年後我去廣州這位朋友所在的公司訂貨，見了老闆，當然也

再次重逢了這位瘦弱矮小的朋友，此時他已晉升為生產部經理了。

他一見到我，馬上就責備我，為什麼回國之前不告訴他一聲，好讓我給他捎一些樹根來。

我說，那樹根真管用？

他說，管用得很，但是我被它害苦了呀！

我不解，為什麼呀？

他把我拽到公司樣品室，關好門。說，吃完最後一根沒幾天，我就發現沒它不行了，對我來說萬艾可也代替不了它。這一年來，兄弟痛苦萬分，度日如年哪。

我安慰他說，兄弟，過兩星期我就返回烏干達，到時我讓人給你捎回一百根來，放入冷藏冰箱裡，慢慢享用。但是這次我的訂單，品質你給我把關好了。

朋友緊緊摟住了我，說，關於品質你放一萬個心，兄弟我就等你許諾給我的神奇的大樹根了。

Mr. Guan 在非洲的激情歲月

老管所在的建築公司實力雄厚，在非洲的十幾個國家都有分公司。老管是建築工程師，任務就是帶領當地黑人蓋樓、建橋、修路。這個月在坦尚尼亞蓋完了一棟樓，下個月就可能被派到肯亞建橋修路去了。工作區域跨度非常大，但看著一棟棟的樓，一座座的橋，一條條的路在貧瘠的非洲順利竣工，老管就充滿了成就感，絲毫不覺得辛苦。在非洲十幾年的歲月裡，老管都數不清自己已經蓋了多少樓，建了多少橋，修了多少路了。老管往往在酒酣耳熱之際，突發奇想，說，將來如果有人寫《非洲建築史》，我會不會榜上有名，也給我寫上一筆。這樣我在非洲也沒算白混。

在座的朋友老闞聽了，嘿嘿一笑，放下夾肉的筷子說，《非洲建築史》寫不寫你我們不確定，但你留下的孩子肯定會記住你。因為你留下的孩子比你蓋的樓建的橋修的路都要多得多。

酒桌上的人哈哈大笑。老管面紅耳赤地說，你他娘的淨瞎說。

老管百般抵賴不承認他留下過孩子。

當地人搞建築，工程進展的如同蝸牛爬行，你永遠無法知道何年何月能夠竣工。中國公司承包的工程就大不相同，以速度聞名。錢一到位，只需幾個月，一座橋一條路或者幾棟樓房就竣工了。而老管每到一個新工地，在情慾上頭兩個月還能把持住自己，兩月一過，老管看到黑妞兩腿就發軟，目露淫光。甚至對做飯的黑人大媽都極感興趣。黑人大媽則會給他介紹小姑娘或者未婚但已生育了兩三個孩子的婦女。往往一件新衣，幾頓好飯，這些女人就成了老管工地上臨時的女友。

當地的女性找到老管這樣的白人男友，全家人都引以為榮，並急切地想給老管生個孩子。以為有了孩子就會永遠和老管在一起，甚至老管會把她和孩子帶到中國去生活。中國對於大部分當地人來說是一個永遠不可企及的夢。即使將來不去中國，甚至不能和老管在一起生活，至少他會按月付生活費吧！雖然老管每次都使用安全套，但女友恰恰會暗地裡做手腳，極順利地懷上了孕。

往往是女方懷孕三四個月，肚子微凸時，老管的工程也竣工了。老管離開之前，請女友吃幾頓好飯，再買幾件衣裳，塞幾百美元，並告訴女友，那邊的工地一完工，馬上返回和她團聚。每個大著肚子的女友都會在焦急等待中希望落空，感到絕望。因為老管從沒有返回過已經竣工的工程的所在地。

在酒桌上老管拒不承認他留下了孩子，他每次都採取安全措施並且做得很好，萬無一失。所以那晚的酒席，以老管暴揍一頓老闆而劇終。老闆哭喊著要回國。

但是這次在尚比亞老管惹了大麻煩。

因為當地政府延遲了付工程款，這期工程斷斷續續地幹了一年還未完工。而陪他玩耍睡覺的小姑娘肚子已經明顯地大了。估計懷了至少五六個月了。女孩家裡雖不富有，但家族大，親戚多。一個豔陽高照的上午，她父親召集了所有的親戚朋友趕到工地上來，找到了正在測量牆的垂直程度的老管。在他們眼裡老管叫：Boss Mr.Guan。女孩父親激動地握住老管還拿著鉛錘的右手，用當地土語祝賀他要當父親了，他們一家有中國親戚了。老管驚得目瞪口呆，極力掙脫女孩父親抓著他的手。用中國的語調說，NO，NO.That's not my baby。

老管總以為自己的防禦措施做得極好。當地的女人那麼開放，肯定是她跟別人懷了孩子，誣賴到我頭上來了。

幾十號人圍住了老管。經過十幾年非洲烈日的暴曬，老管的膚色已經接近黑人了。他黑紅的額頭上臉膛上汗流成了河。女孩父親變了臉色，如果不馬上與他女兒結婚，那他就把老管告上法庭。他女兒才十六歲，致使幼女懷孕，按英式法律必會罰老管坐牢。

老管額頭上臉膛上的汗流成了洶湧的河。

他每年回中國一次，在家休一個半月假。家裡一個老婆兩個孩子，孩子都上高中了。哪裡敢在非洲重婚？

老管被抓進了警察局。

公司老總中斷在三亞的休假，馬上訂機票飛到了非洲，到警局去探視老管。

見到老管，老總不說話，只盯著他看。

老管低頭說，張總，我真是被冤枉了，黑紅的臉上露出無限的委屈。

張總蔑視地瞅著他說，你什麼德行我還不知道？

張總花重金把老管保釋了出來。但警察要他保證隨叫隨到，直到走完法律程式，並扣押了他的護照。沒有護照，警方認為他插翅難飛。

但是張總神通廣大，魔術似的給老管變出了一本新的護照。在一個雨夜，他從陸上邊境跑到另外一個國家。在那個國家悄悄登記飛回中國了。在飛機升空的那一刻，他徹底鬆了一口氣。透過機窗玻璃俯視他在此辛苦了十幾年的非洲大地，鼻子一酸，竟然湧出了熱淚。

老管的出逃驚動了整個尚比亞。當地政府和媒體一致譴責作惡多端的 Mr。Guan。並對老管所屬的公司進行了重罰。但這點罰金，對於這個跨國公司來說不算什麼，公司在各國的業務照常運轉。只是老管被非洲聯盟的國家下了通緝令，他再也不敢來非洲了。

兩年後在國內公園遛狗的老管接到了來自非洲同事老闞的電話。老闞說，那女孩生了個兒子，越長越比黑人白，越長越像你，哈哈，要不，我傳張照片給你？

老管嚴肅地拒絕了並果斷地掛斷了電話。繼續溜狗。自言自語地說，根本就是胡說，我防禦措施做得那麼好，不可能是我的孩子。

你們中國人哪 (You Chinese)

關於中國人的德行，柏楊先生寫過《醜陋的中國人》給以猛烈地抨擊，龍應台女士寫過《中國人，你為什麼不生氣》無情地揭示了中國人的陋習，儘管這兩本書在華人圈內暢銷了一二十年，但是國人從中汲取的教訓並不太明顯。尤其是在國外做生意的同胞。

不久前，經人介紹，認識了一位名為婕妮法的女會計，三十多歲，瘦瘦的，精明幹練。請她幫忙為我經營的產品註冊一個商標。在她辦理完了冗長的申請手續拿到證書後，打電話讓我去她辦公室取。那時我剛從國內回來，帶了一些小禮物順便拿到辦公室給她。她見了禮物，欣喜若狂，她是基督徒，嘴裡不停地感謝上帝。看過證書，小心把它放入包裡，又與她寒暄了幾句，正欲告辭，她接到一個電話，過後告訴我，一個中國人告了另外一個中國人。兩家中國商店，賣一樣的產品給當地黑人，在萬里之外的烏干達，非要搞死彼此，因此，這家進了貨，另外一家就告當地警察，說對方進口假冒偽劣產品，警察一來就查封倉庫，不給警察塞巨額小費，絕不讓你倉庫開封。這次甲告了乙，乙吃虧，等甲來了貨，乙又告甲，甲吃虧，兩家相惡，告來告去，無始無終。最後結果只能是兩敗俱傷，肥了警察。她無可奈何地說，不好意思，我得趕緊去現場為他們調解。相別時，她搖頭歎息了一聲，你們中國人哪！(You Chinese)這聲歎息，讓身為中國人的我無地自容。

在非洲做生意，即使你樣樣合法，產品品質完好，價格童叟無欺，只要政府各部門來查你，總能找出罰你的理由，欲加其罪，何患無詞，何況還有人告你呢？不交罰款，等警察封了倉庫，交得更多。

我批發銷售的是插排，拿到註冊商標不久，我的貨就到了。我比較過這邊批發市場上其它品牌的插排，絕大多數的品質都很低劣，用鐵絲代銅絲，拿它們燒水，水還沒燒開，插排內部已經過熱起火燒掉了。更有甚者，為了讓人拿插排時手感沉重，竟會置入石子來增重。但是它們有價格優勢，便宜。和它們一比，我進的插排，貨真價實，內部線路，盡是銅絲，在當地品質屬於上層。我想我做實在生意，假以時日，會產生品牌效應的，因此，自信滿滿。然而，不到兩天，質檢局的幾個幹部模樣的人就找到了我店裡，我拿出包括 SGS 品質認證書在內的所有證書讓他們一一過目，他們表情嚴肅，硬說品質不行。恐嚇我要關店，要沒收產品，要在報紙上把我這個品牌的插排列入黑名單。這些黑人，有時心比臉還黑。我明白不交罰款他們絕不甘休，對付這樣冠著政府名義堂而皇之的流氓，只能拿錢了事。我拉他們領導私下密談，商定了罰金。忍痛數了錢給他們。他們一見錢，嚴肅的表情瞬間被喜悅的面容所代替。我只能自我安慰，權當交了保護費，至少一段時間內他們不會再來光顧了。他們臨走時，那位收錢的頭目向我透了底，說是一位你們的中國兄弟跑到我們質檢局辦公室，告你們賣假貨。

我操！

我問他，具體是誰？什麼模樣？在哪開店？他笑而不答。

搞來搞去，還是被自己人搞了。

我又想起了當地女會計的那聲歎息：你們中國人哪！（You Chinese！）

大雕與小鳥

想像這樣一個場景：在坦尚尼亞的國道上，一個黑人司機開著一輛日本豐田飛快地行駛著，副駕駛座上坐著一位昏昏欲睡的中國小青年，兩邊是無邊無際的荒野，荒野裡野草叢生，灌木叢叢，偶有野生動物出沒其中，一切都曝露在中午毒辣的日光裡。前方通往烏干達邊境的公路明晃晃的，像是融化在了炎陽之下。但車內很舒適，因為空調開得足，車已行駛了很久，兩人都有些尿急。在一個前後左右沒車、沒行人的空闊之處，黑人司機把車停在了路邊。兩人下車，正對著曠野，各自解腰帶，兩人距離三四米遠，中國小青年斜眼看了黑人一眼，吃了一驚，儼然一個大雕正欲展翅高飛，立即自卑的無地自容，急忙直轉九十度，留給黑人一個背影，怕自己的小鳥遭到恥笑。

嘿嘿，那個中國小青年就是我。

那年朋友孔哥在網上訂購了一輛日本二手車，車到坦尚尼亞港口三蘭港時，孔哥因事回國不能及時返回，囑託我去替他取車，正

好我湊巧有閑，於是乘大巴去了從二零零九年離開後再也沒有去過的坦尚尼亞。在海關取到車後，因不熟悉路況，請了一位經驗豐富的黑人小青年司機，從東到西一直開到邊境的烏干達海關稅物局，小鳥和大雕的故事就是在返回的途中發生的。這個故事除了能逗人一笑，還有一個重要原因就是它與車有關。在東非的任何一個國家、任何一條道路上行駛著的車輛中，百分之八十的都是日本車，當然都是二手車，製造時間大部分都不會超過二十世紀。在日本開了十來年，在非洲不知道還能開上多少年，反正能夠用得長久，否則大家都不會在日本買二手車了。孔哥這輛產於一九九九年的車，看上去還有八九成新，車廂內部更是乾乾淨淨，朝氣蓬勃，沒有一點入暮之感。開起來也力道十足。不得不佩服日本人對品質精益求精的工作態度。

不但日本的汽車品質好，照相機也不錯，我們億萬民眾關注的九三大閱兵，朱日河大閱兵所使用的攝像器材也來自日本。甚至日本的馬桶蓋似乎也比國內的好，往往被中國的遊客搶購一空。我們可以反感甚至謾罵日本政府，但我們沒有理由對日本普通百姓、對日本產品持同樣的態度。奇怪的是，十幾年前從我開始接觸網絡一

直到現在，網上的QQ群裡；論壇的帖子裡；微信的文章裡，都充斥著拒買日本產品的倡議書，甚至幾年前去世的大作家張賢亮還曾專門寫過一篇文章《我為什麼拒買日本貨》，再多的倡議書也熄滅不了中國遊人大買特買日本產品的熱情。具有諷刺意味的是謝晉根據張賢亮小說改編導演的《牧馬人》，所使用的攝像機也來自日本。正是日本人的兢兢業業、精益求精的作風和態度，才生產出世界一流的產品，從而贏得世界人民的尊重。

我們國家的產品，特別是汽車和電子，我們都知道它們的品質是怎麼回事。與日本產品相比，大約有著小鳥和大雕的差距。生理上的小鳥我們無力改變，但品質上的小鳥，靠著我們中國人的聰明才智，一定能變成翱翔天空引領世界的大雕。

啤酒，啤酒

在深圳的時侯，有天深夜酷暑未消，心情煩悶，於是就去了白石洲賣夜宵的一條繁忙的街上，準備喝點酒麻醉一下神經去睡覺。街的盡頭是一個賣紮啤的小酒吧，檯前立著幾個高凳子，店門前擺了幾個白塑膠方桌，幾個外國人，後來通過聊天知道他們是加拿大人，歡樂穀裡面的雜技演員，正圍了桌子大聲喧嘩著喝酒。我坐在高凳上點了一小紮啤酒，就著周黑鴨自酌自飲。沒喝幾口，忽聽身後一聲大吼：我要撒尿！！帶著洋腔洋調，餘音在充滿了燒烤煙味的夜空裡迴盪。這時我才意識到空氣裡除了有燒烤味，更多的是尿騷味，這條街上竟沒有廁所。

回頭一看，是那個白頭髮的洋老頭正緊收著肚子，雙手摸著腰帶扣，向不遠處黑深深的牆根下走去。模糊中，聽到瀑布衝擊深潭的聲音，尿騷味正來自哪裡。那是誰家的牆啊，這麼倒楣，匯集了不同國家的尿騷味。隨後和他們閒扯了幾句，等我喝完了那紮啤酒，肚子鼓漲，尿意來臨，但我自覺比別人文明，絕不會走向那堵牆，

來加重空氣中的味道，匆匆付了錢，憋回家去。

是的，無論是在深圳、陽穀還是哈爾濱，喝完啤酒都要面臨同一個問題，那就是尿多。特別是在哈爾濱，天冷，一喝完啤酒，馬上就尿意來臨，兩個談興正濃的朋友，每每被不斷來臨的尿意打斷，千言萬語說不盡，掃興得很。曾經有段時間，我一度懷疑自己的腎功能，腎不好的人才尿多，我一喝完啤酒，怎麼就那麼多尿，是不是腎有毛病了？我靠，我這麼年輕，這還了得？將來怎麼找女朋友？怎麼完成傳宗接代的任務？嗚呼哀哉，腎好還是腎壞？

在自我懷疑中我嘗試喝點白酒。這傢伙，具有水的形狀，卻暗藏火的性格，一口咽到肚裡，就從口腔一直燒到五臟六腑，周身血液也隨之沸騰，臉面開始發燙。嘗試了幾次喝白酒，每次都是以失敗告終，看來，喝白酒也需要一點天賦，我這一輩子，絕對達不到我爸爸一次喝一斤的境界了，快過中秋節了，爸爸，我一定要給您買一箱好的白酒。

喝白酒咱沒有那能力，喝啤酒又尿多，我該怎麼辦？如何在酒場上呈現出一點男子漢氣概？

左右為難中來到了非洲，在這裡不大容易喝到產自中國的白酒，只能喝歐洲人在非洲當地生產的啤酒了，品種很多，但品質都不錯，口感清爽濃郁，酒精度數比國內啤酒稍高一點，兩瓶下肚，便有飄飄然的感覺，我很享受這種感覺。更讓我驚奇的一點是，肚子有點漲，但沒有尿意。我不知道為什麼，難道是我的腎功能提高了？我為這一點不能確定的發現而雀躍不已。因為腎是男人的發動機。

有一次受朋友邀請去他家吃燒烤，坐在他家的陽臺上，一邊吃一邊喝著冰鎮啤酒，因為朋友知識淵博，令我極為佩服，每喝一會我就向他請教幾個歷史或哲學上的問題，他的解答讓我猶如醍醐灌頂，這更增添了喝啤酒的意興，不知不覺中，我們腳底下擺滿了八九個空啤酒瓶子，那一刻讓我感到更驚奇的是，我竟沒有一點尿意，這要是在哈爾濱，得去多少次廁所了？我不知道為什麼，難道是我的腎功能在持續提高？我為我這一點不能確定的發現而狂喜不已。因為腎是男人的發動機。

這個月，正在環球旅行的山可一家從埃及南下到了肯亞，又從

肯亞乘大巴來到烏干達，在我家小住了一些時日。一晚，月亮高懸，我倆在我家那塊小草地上對飲，他不斷地稱讚非洲啤酒醇厚好喝。我就對他說了我的困惑，為什麼在國內一喝啤酒就尿多，而在這邊喝幾瓶都沒有上廁所的衝動呢？

他說，你算問對人了，我姑父就是大連一家啤酒廠的生產經理，國內啤酒裡都摻有利尿劑的，讓你喝了就尿，尿了再喝，從而增加啤酒的銷量。

我震驚了，同時又覺得合理。

媽的，原來我的腎功能一直都很穩定。

可愛的非洲小偷

來非洲旅遊或工作過的中國人觀賞了曼妙的風景，體驗了奇特的風俗，眼界大開，心情大好。令人不爽的是，幾乎都有被偷被盜甚至被搶劫的經歷，事發時候，看著盜賊得逞氣憤的要命又無可奈何。多年以後，風景和民俗的印象逐漸淡化，唯獨被偷盜的經歷讓人記憶猶新，回憶起來覺得又好笑又幸運，至少當時沒有被傷害。

非洲大多數國家都窮呼啦的，上至總統下至平民都有一種乞丐心態，民眾的失業率奇高，也只有各個國家的首都發展的好一些，駐紮著大型公司和國際集團，機會相對的多。於是地方上的年輕人都擠到首都來尋找機會，借此機會來改變多年以來忍饑受餓的命運。但是人數太多機會有限，很多人成了流浪漢，吃了這頓永遠不知道下頓在什麼地方什麼時候，他們為了填飽肚子去偷去搶不足為怪。雖在非洲多年，我還沒有被這種流浪漢偷盜搶劫過。我經歷的偷盜沒有這麼赤裸裸，還蓋著一塊遮羞布，我揭開這塊布頭來給大家展示一下。

剛到非洲的那一年，一切對我來說都很新鮮，為了體驗這邊的生活，我多次乘坐 MINI 巴士（由日本二手麵包車改造而成），最後一次乘巴士有幸坐到副駕駛的位置上，我和司機之間還擠著一位黑人小夥子。我上車時小夥子對我燦然一笑，那一嘴的白牙給人乾淨淳樸的印象。我買了票，坐穩了靠在椅背上閉目養神，開了一段距離之後，司機慢慢把車停在了路邊，麻煩我幫他掰一掰後視鏡，他看不清後面的車輛和路況。我掰移了一點後視鏡的位置，問他可以了嗎？他搖搖頭表示沒有。我再去掰移後視鏡的位置，這次用了很大的力氣，身子幾乎歪成一條線才把它擺正。他萬分感激地說謝謝，繼續開車。我復原位置，繼續閉目養神。下了巴士我才意識到挨著白牙黑人小夥子這一側的褲兜癟了，我一下子明白了司機為什麼讓我幫他擺弄後視鏡。這司機和小夥子利用我的善良和樂於助人欺騙了我，把我偷得一乾二淨，但總比掐住我的脖子強行搜身好多了。

有一次我們公司商店湧進四個黑人小夥子，為首的那位和我一樣胖乎乎的，戴著近視眼鏡，書生氣十足。他們熱情地向我打招呼並且把我圍住，書生手裡捏著一張發票，他說麻煩你幫我翻譯一下這個公司的名字和商鋪地址。他上午付過錢，下午拿發票來取貨，轉迷糊找不到店家具體位置。我接過發票仔細辨認上面手寫的漢字，字跡潦草不堪，我很佩服這位中國老闆的勇氣，不會一句英語都敢在異國他鄉開商店。我打算先讀明白了再翻譯給他們聽，忽然覺得氣氛都點不對勁，剛才進店的是四個人，圍住我的是三個人，那一個人呢？我一抬頭，那個精瘦的小夥子搬起店裡的一箱電插排就跑，我一追，圍著我的三個人瞬間不見了蹤影。其實我沒追出店門就停下了，如果我追出去再返回來商店可能就被洗劫一空，中了他們的連環套。雖然他們不認識漢字，但利用中英文的文化差異來行竊，很有創意也費了不少腦筋，比沒有遮羞布上來一聲不吭就開始搶劫好得多。

一位中國朋友夜裡倉庫大門被撬開丟了不少貨，天明去警察局報案，那位壯實的警察在辦公室裡熱情又無限同情地接待了他，攤開一疊稿紙，手握圓珠筆，一邊仔細聽朋友的敘述一邊認真地做筆錄。朋友英語不太好，時不時地翻開手機字典來查找要表達的英語單詞該怎麼說，期間朋友去了一趟洗手間，手機落在了警察的辦公桌上，回來一看，沒了。

朋友特別的詫異，誰這麼大膽，敢在警察局總局辦公室當著警察的面偷東西？

那位警察無可奈何地說，我剛才沒注意到手機，一直忙於整理筆錄，報案的人進進出出的，可能被他們順走了。

朋友沒有辦法，從包裡掏出備用手機撥打丟失的那部手機的號碼。那警察一下子慌了，他褲兜裡手機鈴聲驚雷般響起，唱的是李聖傑的流行歌曲《癡心絕對》。警察尷尬地還了手機，並囑咐我朋友不要聲張，否則領導知道了他要受到處罰。他萬萬沒想到，這位中國人已經富裕到同時攜帶兩部手機的程度。

這位朋友自認倒楣，不再追究失蹤貨物的下落，他說指望這樣的警察破案，簡直是天方夜譚。順走他手機的警察甚至認為他太富裕了，別人分享一點他的東西是理所當然的。朋友只希望自己加倍努力多賣貨，好儘快彌補那批被偷去貨物的巨額損失。

阿迪斯阿貝巴一夜

衣索比亞航空公司經營的不錯，因為它票價便宜，在非洲開公司的老闆們都喜歡給自己的中國員工買衣索比亞航空公司的往返機票。另一個原因是依索的姑娘漂亮，無論是機場免稅區的女店員還是空姐都有著高挑而豐滿的身材和迷人的面孔。與肯亞航空公司的空姐相比，高下立判。也許是地緣關係的原因衣索比亞靠近中東，混血較多。她們眼睛一眨吧，就能勾去無數年輕小夥的魂魄。雖說不是一票難求，逢年過節票源還是比較緊張的。每次回國，衣索比亞航空都是我的首選。坐的次數多了，我就發現這個航空公司生意紅火但管理混亂。

那是幾年前，我回國訂貨。在比較了衣索比亞、迪拜、肯亞三家航空公司的票價後，毅然決然地買了衣索比亞航空的機票。因為它比後兩家便宜將近兩百美元。對於一個書蟲和窮鬼來說，兩百美元是幾十本的書錢或一個月的早餐錢。於是散落

在非洲各個國家的中國人，經過一番細心摳門的盤算和我一樣最終選擇了衣行。在那一天大家從非洲各個國家的機場飛到衣索比亞的首都阿迪斯阿貝巴。阿迪斯是飛往中國的中轉站，在此候機四小時，再乘機飛行九小時就到了中國地界。

那天下午我在烏干達的恩德培機場經過安檢後，憑票在櫃檯處托運了行李，取了登機卡。登機卡有兩張，一張是恩德培至阿迪斯的，一張是阿迪斯到廣州的。把登機卡夾在護照裡，又把護照裝進隨身提帶的小包裡。在免稅區盲目地逛，在一家書店門口的書架上，看到達賴喇嘛雙手合十地在對過往乘客微笑，走近一看是一本他的英文自傳。當然不敢買。逛夠了，登機時間也到了。在飛機上享受完機餐，一路睡意朦朧地到了中轉站。

四個小時的候機時間甚是無聊，飛機場的 WiFi 信號又不好，時斷時續，微信、QQ 登上幾秒就斷開，打開網頁更是妄想。只能關了手機，在免稅區長長的走廊裡瞎逛，逛累了，就在走廊兩側的座椅上休憩。更想在躺椅上迷瞪一會，但是躺椅數量有限，早已被皮膚呈現各種顏色的乘客占滿。在一處西餐廳點了一杯咖啡慢慢地坐著喝，拿出錢鐘書先生的《七綴集》重讀了裡面的那篇《讀拉奧孔》。這篇文章很能消磨人的耐力，每讀一遍總覺得累死了好多腦細胞，同時又感到很過癮。從最初的讀不懂，到後來的越讀越有味，成就感十足。時間消磨的只剩下一小時，我拿出登機卡一看，上面只有航班沒有座位號著。我不太明白，我買票時還特意囑咐售票員，能不能都給我安排靠窗的，我愛看飛機下面的山川河流和變幻莫測的雲海。於是我就去找機場的工作人員，他們說，不用擔心，登機前會給乘客臨時安排座位。

就在登機前的五十分鐘，大家蜂擁著奔向服務台。我的媽呀，一問才知道，這都是與我同樣遭遇的乘客。幾百人把服務台圍了個水泄不通。工作人員告訴大家，要憑乘客的護照和沒有座位號的登機卡重新領取一張新登機卡。那些白人和黑人身材魁梧有力，不一會就把本來身居圈裡的我擠出了圈外，與我一同被擠出來的那個中國人，矮胖結實，我很詫異，那麼壯實，應該衝到前頭的。他憤憤不平，嘴裡草他娘日他奶地罵個不平。他說他昨天就到這裡了，沒能擠到前面拿到登機卡。已經等了一天一夜，這次拿不到又得等一天一夜。我突然意識到，航空公司肯定把票賣超了。就像無數條支

流湧向尼羅河，尼羅河承載不了那麼多水量，氾濫了。尼羅河可以氾濫，飛機可不能超載，只能截留，把今天的乘客安排到明天的航班上。我可不想白白在此浪費一天時間，又拼命向裡擠，哎，被擠出的牙膏難以回管，我被乘客們灑在身上的香水味混和著流下的汗水的味道一熏，噁心地要吐。我註定登不上當晚的航班了。

我垂頭喪氣，正考慮著怎麼辦時，那個矮胖的壯漢離開擁擠的人群，站在大廳一處顯眼的地方，舉起自己的護照和無座登機卡，憤怒異常地大喊：FUCK，FUCK，FUCK，FUCK……其音量之大整個大廳都滾蕩著他憤怒的回聲。馬上就有工作人員朝他奔去。問他怎麼回事。壯漢只會說 FUCK，別的英文聽不懂也說不出。他老遠就叫我，小夥子，你要是懂英語，就過來幫我翻譯一下。等候別國航班的無數乘客都把目光聚焦到他身上，我都感到不好意思。但最後還是硬著頭皮走過去，對工作人員說明了他的情況。撒潑果然奏效，一會兒他就拿到了登機卡。

我問工作人員，那我的怎麼辦。工作人員說，實在對不起，登機卡已經發放完了，你朋友的是最後一張。你只能等明天。那壯漢轉怒為喜，舉起手來拍了一下我的肩膀，說了聲謝謝，登機去了。

我又問工作人員，我的晚餐和明天一天伙食怎麼解決，那工作人員指了指電梯，說下一層電梯轉角處，拿機票換餐卡。

那我今晚的住宿呢？

實在對不起，你得在躺椅上熬一夜了。

不能給我安排住宿的酒店嗎？

那工作人員很同情地看著我，聳了聳肩，搖了搖頭。我也只能作罷。

於是就到指定的餐廳就餐，誤機的乘客何其多，餐廳裡早已排起一列長長的隊伍，隊伍綿延到走廊裡來了，我站在隊伍的尾部，一點點前移，我前面是十來位中國人，他們可能是同鄉或同事，穿著樸實，像是中國某個駐非的建築公司的工人。他們不停地大聲討論誤機的事情。輪到他們領餐時，服務員居然拒絕提供食物給他們。他們拿著護照和機票上下揮動，因為饑餓各個鐵青著臉，咬著牙齒表達憤怒。服務員不停地給他們解釋，他們就是不明其意。越解釋，

他們越糊塗。其中一個年紀大點的看到隊伍中的我，對我說，小夥子，我看你帶戴著眼鏡，文質彬彬的，應該會點英語吧，你幫著給翻譯一下，為啥不給飯吃。

我走過去，那個衣索比亞女服務員說，她們的餐廳憑就餐卡吃飯。

我對他們說，不賴這位小姑娘。你們先憑護照和機票去領就餐卡。但他們又不知道地方，我告訴了他們，他們又怕領了就餐卡回來又得重新排隊。我建議他們把護照和機票統一給我，我替他們去申請就餐卡。他們則怕我拿了他們的護照跑了，非洲這麼大，他們哪裡去找我。

我有些生氣，就說，你們想吃飯，就跟我走。我帶他們去了服務櫃檯，致使我晚餐推遲了一個小時。

由於餓得慌，我一會兒就把三明治吃完了，再喝完杯中的非洲奶茶，肚子終於感到舒服了。和我同桌的是一對中國父子，父親長得和藹可親，兒子微胖。小夥子吃飯速度奇快，我和他幾乎是同一時間開始吃三明治，按說我吃的也是比較快的，我吃到三分之一，他已經吃完了。一個苗條的服務員來收他的盤子時，他抬起頭來對那姑娘笑，又用中指敲敲空盤子邊緣。那姑娘不明白他的意思。我問他，你是不是沒吃飽？他不好意思地點了點頭。他父親在一旁也尷尬地笑了。我用英語對那姑娘說，能不能再給他一份食物，他還沒有吃飽。那姑娘爽快地說好。他父親直對我說，謝謝你。

飯後坐在走廊兩側的座位上，疲乏得很，一直抱怨衣索比亞航空坑人。但心裡同時又有一份得意，這麼短的時間，在阿迪斯阿貝巴機場我竟然幫了三撥中國同胞的忙。想起大學學英語的那些日日夜夜，如今終於有了用武之地。

那些躺椅整夜都有人占著。我坐累了就起來在大廳裡走走，走累了就坐，來回折騰，又無法躺下，更加疲憊，還始終睡不著，挨到天明才搶到一個躺椅的座位。我躺在上面，長噓一口氣，腿腳終於可以自由伸展了。把隨身攜帶的小包枕到頭下，呼呼地一覺睡到下午三點。

我醒來時看到另一波與我同樣原因而滯留的中國同胞有說有笑地逛免稅店，他們都頭面乾淨精神煥發，我還記得其中一個年輕人

的面孔。我走過去問他，你們怎麼一點也不疲憊？

他說機場工作人員安排我們住酒店了呀，在酒店裡清清爽爽洗了澡，吃了晚餐，美美地睡了一覺。我心裡馬上不平衡起來說，為什麼我問他們，他們說安排不了酒店給我住？

他們開始也給我們說無法安排，我們就在服務台那裡大吵大鬧，最後他們的領導才答應。小夥子因為得到了更好的服務，語氣中頗有些得意。難道只有撒潑大吵大鬧才能得到應有的服務嗎？

我氣憤地走向服務台，問他們怎麼回事？

服務台處那位漂亮的姑娘一直安慰我要平靜下來，有事慢慢解決。

她微笑著給我提建議，說可以讓這邊的工作人員把我的機票和姓名記錄下來，等我返回烏干達時，去衣航辦公室，找他們補償。

我半信半疑說這能行嗎？

她說，不會錯的。

我隨後又轉告滯留在那的上百位中國同胞，說你們去服務處登記一下，等你返回到你所買票的國家，可以找他們補償。

他們對我的建議嗤之以鼻，不大相信。我對此也沒什麼把握。

那天晚上終於登上了飛向廣州的航班。返回烏干達後，我不抱希望地去了衣航辦公室，遞給他們我的護照，向工作人員說明了我在阿迪斯阿貝巴那一夜的煎熬。那位胖嘟嘟的烏干達女人一直對我說 sorry。她向上級請示，最終決定退還我三百美元。

這事過去了很久，有些細節都回憶不出了。前幾個月，衣航有個被開除的員工意欲劫機與乘客同歸於盡，被那趟航班上的一位平時習武的中國人所制伏，那位中國漢子成了幾百位乘客心中的大英雄。這事兒在電視新聞和微信朋友圈裡傳播得迅猛。我就想起了我在阿迪斯阿貝巴的那一夜。

當然，希望衣航管理的越來越規範。畢竟它擔負著許多中國駐非工作人員的人身安全。

非洲岳父

威廉姆街上的裝卸工大都喜歡喝當地產的一種燒酒，度數相當於我國的東北小燒。一天的活幹下來疲憊困倦，坐在商店門口的臺階上，迎著夕陽喝上幾口，緩神解乏。晚上回到家還有另一種體力活在等待他們。他們除了有位正式的妻子，一般還要找個臨時的女友。妻子知道了也不敢怎麼反對，因為所有的生活開銷，全靠他那厚實的肩膀和有力的腦袋頂貨得來的。盧本與別人不同，他只有一個女友。女朋友來商店找過他幾次，所有的裝卸工都睜大了眼睛圍著看，年輕、漂亮、身材勻稱、凹凸有致。

他牽著她的手來到我面前，笑嘻嘻地說：「這是我女朋友蘇珊，等我們結婚時你一定來參加我們的婚禮」。

我說好。他倆特別高興。他們知道只要我答應參加婚禮就意味著我會出一份禮金。我也正想體驗一下當地的各種風俗文化，對於他們的婚禮我也一直期待著。

但是盧本嗜酒，才二十六歲就已經到了一天不喝沒法活的程度。酗酒對他的身體已經造成了很大的傷害。別人頭頂一百多公斤的貨物輕鬆自如，他則要吃力地多，雙手扶著頭頂上的貨物，額頭直冒虛汗，渾身劇烈地打顫。每走一步都顯得艱難，像一輛破舊的自行車，隨時都有散架的可能。他想改行做別的也行不通，除了出賣自家一身的氣力，沒有別的技能用來謀生。所以他只能強忍著身體的不適與別人幹同樣的活。

一天早晨店門口出現了一個細瘦高挑的人來找他，身上的衣服泛著油膩的光。盧本說那是他未來的岳父，蘇珊的爸爸。他渾身散發著隔夜的酒氣，看來也是一個標準的酒量子。他對每一個人都問好。

盧本悄悄地對我說：借我兩萬先令好嗎，我把他打發走。

他高挑細瘦的岳父接過錢來，千恩萬謝地離開了。估計他的下一站一定是酒吧，今天又是一場大酒在等待他。

盧本告訴我，他想攢錢為將來舉行婚禮做準備，但老攢不住，錢一到手，就送給賣酒的了。

我給他出了一個主意，讓他每天拿出一萬先令由我來替他保管。那一年下來不就有三百多萬了嗎，有這些錢舉行婚禮應該不成問題。

盧本摸著腦門想了想，說：「是呀，太好了，你真聰明」。

可是他的岳父來商店的次數越來越頻繁了，以前一周來一次，現在一周兩次，錢少於兩萬他還不願意。這直接影響到了盧本攢錢的計畫。

終於有一天，他細瘦高挑的岳父醉醺醺地來找他要錢，被他堅決拒絕了。盧本說：「我給你的錢你根本沒有給你的兒子蘇珊的弟弟交學費。」

醉醺醺的岳父有些惱羞成怒，板著臉走了。

然而盧本在我這兒還沒有攢夠三十萬先令他就有了麻煩。他的女朋友被他的岳父弄到鄉下什麼地方去了，斷了與他的聯繫。岳父放話過來，讓盧本從銀行取四百萬先令賠償給他，否則就告盧本強姦未成年少女，蘇珊才十六歲多一點。

盧本的頭都大了，往哪兒弄這四百萬先令去？他甚至連個銀行帳戶都沒有，哪來的存款？岳父可不管這些，認為他在市場頂貨多年，一定積攢了不少錢。只要盧本把錢送來，他還把他的女兒送到盧本身邊來。可他哪裡知道，他這個女婿和他一樣，所有的錢都送給了酒館。

盧本向我借錢，我抱歉地表示自己無能為力愛莫能助。四百萬先令相當於一千多美元，對我來說也不是一個小數目，對於一個怕老婆的人來說幾乎就是天文數字了。再說，年底公司才給我結算工資。

看來他和蘇珊的婚禮難以如期舉行。現在他連蘇珊的影子都找不到了。

已經逾期兩天，盧本才湊夠五十萬先令。他坐立不安已經無心頂貨掙錢。

那天下午來了兩個持槍的警察把他從商店門口拷走了，引起街上的人紛紛來圍觀，盧本低著頭，一個壯漢，在那一刻竟然淚流滿面。

盧本進了監獄，但法院一直沒有宣判他的刑期。我搞不懂他們這邊的法律。

一個多月後，他的同事張羅著去探監。他們幾個聚在我面前，我拿出兩萬先令，告訴他們一定送達。

他們說，錢送不到他手裡，只能用錢買些吃的和生活用品，即使這樣，他能收到一半就不錯了。

我說怪不得那些獄警都吃得肥嘟嘟的，犯人越獄的時候他們跑不動追不上。

他們哈哈大笑起來。

三年多過去了，盧本還在服刑，聽探監的他的同事說，他在監獄食堂工作，喝不到酒，胖了不少，皮膚黑亮黑亮的，比在商店頂貨時還健康。

我問他們，什麼時候刑滿釋放？

他們搖搖頭說，不曉得，法院還未宣判他的刑期。

我又問他們，蘇珊還在等他嗎？

他們大笑著說：「等他？蘇珊都生過兩次孩子啦，最後這一次是對雙胞胎。」

看來我永遠參加不了他們的婚禮了。

中國神藥

老管在非洲很多國家打過工，每次從國內度假返回非洲，鐵定會帶兩個行李箱：一只用來放衣物，一只用來裝藥品。二十多歲時對前途感到迷茫，曾給一位鄉村醫生當過幾個月的助手，後來發現從醫並不是一條坦蕩蕩的光明大道，就果斷停了。但也因此略懂了一點醫學知識。日常小病，都能從他隨身攜帶的箱子裡找出相對應的藥來：感冒沖劑、止痛片、瀉立停、清涼油、牛黃解毒片，裝的最多的是青蒿素。非洲蚊蟲多，容易感染瘧疾，青蒿素見效最快。當然這些藥物老管一個人無論如何是用不完的。他剛到坦尚尼亞我們的公司不久，有位同事貪吃海鮮拉肚子，都快要虛脫了。我那時已見識過他的小藥庫，就去敲他的門，問他有沒有瀉立停，同事小張急需幫助。那個晚上他剛沖完涼，光著被非洲多年的日光曬黑的瘦弱的臂膀，稀疏的頭髮橫著梳，好蓋住因脫髮而鋥亮的頭頂。他說，我有是有，但不是為中國人準備的。我這藥是用來救助非洲窮苦大眾的，他們缺衣少食，病了無錢就醫，只能拖延，任其病情惡化發展。想想就可憐。這裡不是有中國醫院嗎？我願出力，咱倆開車把他送到那裡不就完了嗎？反正公司也會報銷他的醫藥費。

我苦笑一下說，好吧。

我們公司在郊區，大院牆後靠著一條河，河溝裡野草叢生，兩岸雜樹生花，雨季一來，河裡泥水漫漲，花腳蚊子滋生得厲害，追著叮人，人也就容易得瘧疾。特別是中國人，似乎比當地人更容易感染。都知道老管有青蒿素，但也都曉得他的國際主義精神。即使得了瘧疾，也都是去中國醫院就診，不願到老管面前碰釘子。

公司生產兒童服裝，女工稍多一些。老管喜歡窩在這些女工裡面逗她們哈哈大笑。大笑之餘伸手就在女工屁股或乳房上摸一把，女工也毫不在意。他對被摸的女工說，我那裡有從中國帶來的藥，可以治療什麼什麼病。當地人都認為中國的藥很神奇，一吃就好。有個前凸後翹的女工說，那你給我一些吧，我好備用。老管搖搖頭不答應，說，藥要用在刀刃上，真生病時再來找我。

公司女工雖多，但車間經理是當地的男的，這經理肩膀寬闊身材魁梧，幹起活來虎虎有生氣。據說家裡已有了三個老婆。但是有一天也病了，是瘧疾，懨懨的，無精打采。蹲在牆角，手裡握著一

瓶可樂，地上擺著一小盒糕點。這裡人生了病，大都會買這兩樣東西吃來安慰自己。

女工們說，Mr.Guan，你去拿點藥給他吃呀。

老管沒聽見似的繼續調試那台有了一點小毛病的縫紉機器。終於抵不過女工們的聒噪，他走到牆角，對車間經理說，你呀，不用吃藥，回家好好休息，多喝點水，睡上一覺就好了。自始自終，他沒有拿出他曾經對女工炫耀過的讓他引以為豪的中國神藥來。車間經理在牆角享受完病號餐，失望地回家去了。

一天上午，一位被老管沾過便宜的女工，從縫紉機前站起來說，實在幹不下去了，頭昏，噁心。老管關切地說，你先到院中椰樹底下涼快涼快，我拿藥去。他急匆匆地從車間跑回宿舍，不到兩分鐘，手裡握著藥，邁著大步走到椰樹底下，傾斜著身子，小心翼翼地在女工太陽穴上抹了清涼油，又喂了女工一劑藿香正氣丸。在樹下安坐了一兩個小時，女工恢復了正常。不停地對老管說謝謝。誇讚中國的藥真神。老管聽著高興，慷慨地把那盒只用了一點的清涼油送給了女工，女工感恩戴德地回到了工作崗位上。

公司聚餐的那個晚上老管喝多了，我也喝得微醺。乘著酒興我問他，昨晚去哪了，一夜沒見你回來？他不無得意地噓了一口酒氣說，跟黑妞約會去了。我說那黑妞吃過你的藥吧？他打了一個嗝，對我嘿嘿直笑說，康復了她們，也爽了我自己，何樂而不為？

我說緹娜天天嚷著牙疼，怎麼不見你給她一點止痛片？老管趴在桌子上歪著頭，擺出酒後一副不屑的樣子說，她那麼胖那麼醜，我對她沒興趣，她怎麼配吃我的藥。

我打趣他說，你的藥是用來救助非洲勞苦大眾的還是專門用來睡非洲漂亮的女人的？

他說，話不能這麼說，前些時我給了蘇珊一瓶保嬰丹，她孩子發燒感冒，吃了第二天就好了，食慾大增，活蹦亂跳。

你還不是睡了人家？

只睡過一次，老管嘴裡嘟囔著，不一會兒鼾聲驟起，不知什麼時候月光穿窗而入，照著一桌子的杯盤狼藉。

旱了許久之後，突然間一連下了幾天的雨，這邊一下雨就停電，車間裡光線灰暗，只能停工，幸虧不是銷售旺季，否者，會讓老闆損失多少美元。開工那天豔陽高照，還帶著微風，把園中椰樹吹得沙沙響。老管感冒了，不停滴地咳嗽，發著高燒。他也終於吃上了他自己帶來的藥：感冒膠囊。當然，這一次的藥沒能給他換來一場酣暢淋漓的性愛。在非洲人民身上立竿見影的中國神藥，在他身上毫無成效。燒了三四天，天天吃感冒膠囊，體溫一點沒下降。瘦的速度讓人怕。還休克了一次，嚇壞了我們。我和小張開車飛快地送他去了中國醫院。那是從雲南來的一位醫生，聽說還是醫學博士。四十來歲，與老管有著一樣的髮型：頭髮橫著梳，腦門鋥亮。醫生說先驗驗血吧。等了半小時，醫生悄悄把我拉出醫房，說，他得了愛滋病。不知道潛伏多久了。這一次不知道他能不能挺得過去。

我們沒敢直接告訴老管，我們通知了老闆。老闆一臉凝重，說該怎麼辦呢，別死在這裡，我可不想添麻煩。

只兩天老管就陷入了昏迷狀態。在他清醒的一刻，他問，我是不是得愛滋病了?我覺得不該隱瞞著他了。就說是的。

他劇烈咳嗽一陣，費力地說，就讓我死在這裡吧，別告訴我家

人我得了這病。孩子才上高中。就說我突發心臟病死的。在清醒與昏迷之間掙扎了一星期，死去了。

老闆電話通知了老管在國內的愛人，直接說老管得愛滋病死掉了。之所以背叛老管的遺囑，老闆有他自己的理由。如果說得心臟病或別的病死去，老闆賠的錢多。如果是得愛滋病，老闆就不必負全部責任。誰知道他什麼時候感染的呢，他才來坦尚尼亞半年，也許他在安哥拉或在南非的時候就已經感染了愛滋病，與公司沒有任何關係，純是他生活不檢點的結果。

老管家中沒來任何人給他送葬。我們把他隨身的衣物跟著他的屍體一起火葬。老闆說下次誰回國，給他家人捎一小盒骨灰就可以了。

老管的一箱藥還在他住過的房間裡放著。他生前不願把它們分享給同胞，每分享一點給中國人，就意味著他會少做一次或幾次愛。

於是我打開了他的藥箱。各種藥品的包裝盒上印刷的都是漢字，我花了半天時間把它們一一翻譯成了英語，用圓珠筆寫在藥品包裝盒上所對應的漢字下面。我把藥箱提到院中那棵高高的椰子樹

底下，招呼來車間裡所有的女工，說，這是老管給你們留下的，你們需要什麼就拿什麼吧。藥品被一搶而空。緹娜手裡捏著一包感冒沖劑，眼裡竟默默流下了淚水。

這些中國神藥能夠醫治她們生活中得的那點小病。風大了，院中這棵高大的椰子樹嘩啦啦響著，像是老管從另一世界借樹而發出的歎息：我的藥物沒有浪費，除了我自己用掉的那些。

你好，馬勒戈壁

在非洲，很多當地人見到華人，為了表示親近或炫耀一下他們的中文，都會說一句你好。會說你好的人很多，但真正懂中文的黑人卻寥寥無幾。我前段時間在坦尚尼亞幫朋友去港口提車，在海關門口等清關律師時，一個胖嘟嘟的黑人小夥子湊到我身邊，笑著說你好。接著他用英語說，他曾給這裡的中國老闆開過車，中國老闆很大方，但是脾氣暴躁，經常朝他喊馬勒戈壁。但他至今都不曉得這句話的意思，請我用英語給他解釋一下。為了避免直譯的尷尬，我就說是STUPID（傻）的意思。他恍然大悟，滿意地點點頭，對著他身邊的黑人朋友大喊了一聲馬勒戈壁，然後兩人哈哈大笑起來。

這讓我想起老闆！

老闆是我們公司的萬能工，機械的安裝，拆卸，維修他樣樣拿手，但是年紀大了，只懂中文，又不願意學英文，與他的黑人下屬便無法進行語言溝通，而他的肢體語言也不夠豐富，凡事又都想指揮黑人代勞。黑人總是會錯意，他讓黑人向東，黑人卻向西，讓黑

人打狗，黑人卻打雞，這樣一天下來，工作進展的比非洲經濟發展的還慢。老闆難免會發火，一發火，跟隨他多年的馬勒戈壁就從他嘴裡及其順溜地出來了。一天說一次，黑工聽不懂。一天說十次，黑人就記在心間了。不到一星期，黑工早晨一上工，都對著老闆說，Good morning，馬勒戈壁。老闆氣得滿臉漲得紫紅，禿頂上生煙，但又無可奈何。

老闆想制止他們以後再說這句話。但是黑工好不容易學會了一句中文，哪能輕易放棄？國外把難以完成的事情比喻成學中文，如今難以完成的事情完成了，不秀一秀，嗓子實在難受。因此老闆每天都能收聽到無數個馬勒戈壁。後來竟然連老闆都親自收聽到了這句話，氣得老闆說咱中國人素質真低。

被馬勒戈壁糾纏了半個月後，老闆找到了我。那時我負責跑市場，拉客戶，時不時擔任一下公司車間的英文翻譯。

那天非洲的太陽剛從院裡高高的椰樹頂上升起，老闆將清晨來上工的幾十個黑人員工聚集到一塊開會。我負責同聲翻譯他的話。

今天大家學一下我的中文名字，以後就這樣稱呼我吧！我用英語把老闆的話傳給大家。

這時，老闆高聲大喊：「我是你兒子！」

「我是你兒子」，幾十個黑工節奏不一地跟著學，一邊學還一邊笑，學漢語對他來說是一種特殊的體驗。

「我是你兒子」，老看加大了聲調，幾乎歇斯底里了。

「我是你兒子」，他們終於學得有點像了。

我有些目瞪口呆，因為老闆沒有讓我翻譯這句話。

就這樣，他們以給彼此當爹的腔調互動練習了十來分鐘。果然，隨後的兩天，每個黑人都成了老闆的兒子了，甚至那幾個做飯的女工也不惜易性地聲稱是老闆的兒子。老闆悠然地叼著煙，在朦朧的煙霧中看著黑人做工，心理上獲得了空前的平衡和滿足。但總有記性太好的黑工，在老闆發脾氣的時候，替老闆補充上一句：馬勒戈壁。

隨著中國政府對非洲經濟投資的不斷增長，來非洲的中國人也越來越多了。來非洲不像去歐美門檻那樣高，不懂英文，甚至中文都不好的中國人都可以輕易地拿到簽證。因此馬勒戈壁在非洲大陸上越來越普及，甚至要超過你好的趨勢了。我們整天聲稱我們有著五千年的文明史。真希望在來非洲的中國同胞身上能夠多多地看到中華文明的影子。

藍色藥丸

一

我第一次見到壯陽藥是在坦尚尼亞。

老闆要上一個新項目，機器設備都已從國內運送過來，從國內請的幾位安裝操做機械的師傅也已陸續到位，最後一個來的萬能工，也於今日中午到達，老闆安排我去接機。萬能工是老闆的表舅—老闞。他的行李裡有一部分是老闆急需的機器小配件。過安檢的時候，黑人老找麻煩，終於通過了安檢，老闞又隨地吐了一口濃痰，被出口的保安抓住衣領問他想幹什麼，老闞哆嗦著不曉得說什麼。我隔著鐵欄用英語對他們大聲喊，他是個農民，別和他計較。黑人鄙視地揮一下手放行了。

說實話，我不怎麼喜歡老闞這樣的人，但迫于生計不得不天天和他們交往。

老闞和我同居一室，我們的兩張床鋪中間隔著一張桌子。上

面擺放著我的筆記型電腦，每天從外面跑業務回來，為了排除內心的寂寞和空虛，總是不停地上網和老朋友或陌生人聊天。床鋪整理好後，老闆又收拾他的行李。他手裡捏著一個通明塑膠袋伸到我電腦螢幕前讓我看。裡面有四粒橢圓形的亮晶晶的藍色小藥丸，直覺告訴我這絕不是一般的藥物。塑膠袋上也沒標明藥物的名稱。老闆的頭髮凋謝了不少，頭兩側染的漆黑的長髮遮住了頭頂上發光的部分。他神秘兮兮地問我，猜這是什麼？我茫然地看著他，他得意地說這是偉哥。轉機的時候在北京小店裡買的。對於老人買偉哥我並不吃驚，他們心理上生理上都需要這個東西，這是二十世紀一項最偉大的發明。我問他，多少錢？他說講價後三十。

三十買四顆粒？報紙上不是說一百元一顆粒麼？

管他多少錢只要管用就行。

假藥能吃死人的，裡面也可能摻了獸藥。

老闆滿不在乎地說，沒關係的。

我對他來了興趣，問他，你老婆在國內，你買這幹什麼，難道你想搞黑妞？

他說正是，一輩子沒出過國門，出來一次不能白來。他毫不掩飾內心齷齪的想法。

你不怕得愛滋病？

戴上套子就什麼也不怕了。說著他又從行李箱裡摸出一盒避孕套，上面的包裝五顏六色，標寫的牌子是：抗日。

我看了忍俊不禁。這廠商的設計太有想像力了。我想到了和女朋友在一起的時用的傑士邦。如果傑士邦牌的令人消魂的話，這抗日牌的不但令人消魂，還更令人放心，再精壯的精子也穿不透它銅牆鐵壁似的膠皮。

難道你不行了嗎？用偉哥？

不是我不行，但是用了它，可以讓你更強更久。要不我送你一粒？

我說我用不著，我女朋友在國內，估計我回去後也和我分手了。

那就找一個黑妞，老闆給我建議。

我說我從心理上接受不了她們，我最愛的還是中國女人，我怕得愛滋病，安全套並不能完全避免懷孕和性病，只是把危險係數降低而已。

老闆說，你小夥子不懂生活。中國那麼大，我哪個省份沒去過，哪個省份的姑娘我沒上過，九州大地都留下了我的精液。但是我還是健健康康蕭蕭灑灑，只是這幾年頭髮開始謝了，可能是我喝酒太多的緣故。

老闆是個機械安裝師，他們公司的機械賣到哪裡，他就得跟隨到哪裡去安裝。買機械的老闆當然不會虧待他，必恭必敬地伺候，飯後，洗個足，叫個小姐是再自然不過的事情，所以他才有這麼大的口氣說九州大地都留下了他的精液。

第一天我就知道了他是個什麼樣的人。他唯一的優點也許就是坦誠，對於他的風流史，他總是娓娓道來。

說他坦誠吧，他從未告訴我們他兒子有癲癇病。只說他兒子有多怪，多叛逆，多厲害。老闆娘說老闞的兒子之所以無法無天，主要是他有癲癇病，一管他一打他就犯病。老闞只能任他胡作非為。

聽老闞說，兒子和他感情很好，和媽關係很僵。有一次他老婆正蹲在陽臺上拿著抹布擦拭窗外側的玻璃，兒子突然對他說，爸爸，我想把她推下樓去。聽的我一身寒顫。老闞卻講的色飛鳳舞，像歐巴馬他爹在給別人講他兒子當過美國總統，神氣自豪勁兒溢于言表。

二

見到劉豔麗後，老闞再不提他的風流史和他要泡黑妞的事了。

我們公司工廠位於郊區，商店在市中心經營。老闆吃住在市中心租賃的一套公寓裡，劉豔麗在商店上班，下班後由黑人司機開車送回工廠，同我們吃住在一起。老闞來時，老闆正在國內採購。劉豔麗就陪老闆娘在公寓裡住了。老闆返回坦尚尼亞的那一天，老闞第一次見到劉豔麗。

劉豔麗，我稱她劉姐。做得一手好吃的東北菜。她回來了，晚上的飯菜品質也跟著上來了。

除了老闆娘，劉姐是公司裡唯一的女人，也是集幾位師傅于一寵的女人。他們都曉得劉姐在國內因與老公感情不合才賭氣遠走異國他鄉的。內心一定很空虛寂寞。他們幾位老喬、老呂、老孫爭著獻殷勤，都希望自己能夠成為劉姐最在意的人。

特別是老闞，劉姐做菜時，他總是忙著在一旁打下手，他倆都來自哈爾濱，共同語言也就多些，光就松花江畔的風光和中央大街的繁華就夠他們嘮上半天。

其他幾位師傅不免有醋意，在那天晚上的酒桌上，三位師傅團結一致眾志成城地又敬又逼地灌老闞酒。一個理由就是一杯，這飄洋過海從中國遠道而來的北京二鍋頭醉起人來也毫不含糊。

「你們倆在同一城市生活了幾十年沒有認識，卻在幾萬里外的坦尚尼亞相識了，這真是一種緣分呀，為這緣分，你們倆來一杯。」老孫不停地勸。

「好，我喝」老闞最後一杯進肚，爛泥似的癱在了椅子上。

我心裏暗笑，以他這種狀態，就是把他帶的偉哥全服用，也挺不起來了吧。

劉姐喝的雖是黑麥啤酒，也有些醉意了。

把他鑵醉，你們什麼意思呀，劉姐不平地說。

哎吆，心疼了。老喬不懷好意地說。

你們這些男人，都是一致地壞，我看透你們了，沒有一個例外。劉姐的聲音裡充滿了鄙視。

幾位師傅只是嘿嘿笑。

當然小鄭，不包括你，你還是男孩子，和你國內的女朋友相處的怎麼樣了？劉姐眼睛轉向我說。

我說我女朋友說我很壞，一下子把她丟那麼遠，不狠心的人絕不會這樣做，正鬧著要和我分手呢。

不曉得為什麼劉姐哈哈大笑起來。

外面靜下來了，窗外月光鋪地，蛙聲、蟲鳴聲穿過月光透進客廳的裡的每一個角落。

三

幾位師傅忙著裝配機械，每天都在不停地切割呀、焊接呀、鑽孔呀。他們都不會說英語，但是一般的工作，他們做幾下手勢一比畫，黑工就明白該怎麼做了。但是遇到技術性質的，用手勢無法表達複雜的用意，他們就會把我拉來當翻譯。有時我在市場里和潛在客戶談合作事宜。他門來一個電話說快回來，安裝進行不下去了，黑工怎麼也理解不了他們的意圖。我就得收鑼罷鼓匆匆返回。因為老闆想儘快安裝完好投入生產，這裡的經營成本太高，連最基本的機器零件都在當地的商店難以找到，只能從國內進口，當我著急忙慌地趕回現場，他們會經常說，不用了，黑人已經明白怎麼做了，我氣得在一旁乾瞪眼。

只有劉姐，每天在商店裡相對清閒一些。

連續忙了幾個星期，幾位師傅疲憊到極點，每天一收工，他們就回屋躺下休息。而老闆似乎還有用不完的精力，下班後他總說出去散散步。每次都是朝劉姐 下班歸來的路上走。

可是這幾天，老闞再無心思去散步迎接劉姐，他家出事了，他總是長嘘短歎地罵他兒子。

從老闆娘那裡得知事情的原委：老闞的兒子把老闞的老婆打了，打得挺嚴重，打完就跑了。

那是他親媽呀，他怎能下得手，畜生，老闞狠狠地說，但他又跑哪裡去了呢，找到他非把他打死不可。

老闆說，舅，你先別著急，舅媽已經在醫院了，不久就會出院，我弟弟呢正幫著找你的兒子。你就安心待在這裡吧。

第二天的晚上我們在吃飯。誰都知道，三位師傅喝酒為解乏，老闞只是在喝悶酒，悶酒傷心又傷身。院子裡響起了老闆的二手賓士車的聲音。老闆來了。他們都站起來，我就看不慣他們這一點，他來就來，有必要停下吃飯喝酒站起來去迎接他嗎，又不是工作時間，但是他們那樣做，我只能跟著做。老闆說你們繼續，沒有別的事，舅，你兒子找到了，我弟弟要打他一頓，教訓教訓他。

好，打他，往死裡打，老闞狠狠地說。又氣鼓鼓地罐了一杯酒。

可能這杯酒又激起了他內心的柔情。幾分鐘後他對老闆說，讓你弟弟輕點打。

老闆無可奈何地笑笑，又同情地說，老舅，你呀！！

國內的電話接通了，老闆說，老弟，別打他，把他送回家就行了。

四

時間慢慢流淌。

我不曉得劉姐對老闆是一種什麼樣的感情，從劉姐對他的態度上完全看不出。她對幾位師傅都是一樣的眼神，頂多是同老闆多說幾句話而已。倒是對我有著更多的關心和體貼。她常說，小鄭，你把你的髒衣服都放在洗手間的衣架上，讓我給你洗。我都有些不好意思，上大學的時候，我女朋友都沒有為我洗過衣服，幸虧那天她幫我洗了，要不第二天老闆帶我們去海邊玩，就沒有乾淨的穿了。

幾位師傅和我對於老闆的決定都很高興很支持。在印度洋裡衝浪，在白沙灘上支架做燒烤，是多麼浪漫的事情，令我失望的是劉姐稱自己不舒服，要在家休息。本來老闆興高采烈地要去海邊看身著比基尼的旅非的歐美白妞呢。他也突然說，要留在家裡給兒子寫一封信，教育他好好做人，兒子是讓他最頭疼的問題。

三位師傅意味深長地點了點頭。

要吃什麼我為你捎回來，我問劉姐，劉姐說什麼也不想要。她人有些清瘦，但是臉蛋兒清秀，要是再配上時髦一點的衣服，會更神采迷人。

我們晚上返回來時，劉姐陰沉著臉從她房間去了衛生間，過一會又從衛生間出來，進了她的房間裡，砰地一聲關上了門，像是對誰有極大的仇恨。

老闆默默地躺在他的床上，也陰沉著臉，但更多的是尷尬。他的左臉頰上多出了幾道深深的血印子。三位師傅問他怎麼搞的，他說不小心被床邊的鐵釘刮著了。

鬼才相信他的話。

我心裡突然有了一種對他莫名其妙的憎恨，以前只感覺他很爛，此刻覺得他噁心。

那一夜我很難入睡，不知道隔壁房間的劉姐是否也在醒著，如果她醒著她正在想什麼？我隔床的老闆，在酒精的麻醉下已沉沉入睡。

朦朧中，我聽到對面床上清晰地傳來的夢話：

我上不了你，我讓黑人上你。

聽得我毛骨悚然。

從此老闆的殷勤對劉姐再不起作用。劉姐看老闆的眼神充滿鄙視和不屑。那三位師傅得意勁頭又上來了，做飯時，搶著為劉姐打下手。他們三個都有老婆孩子，但遠水解不了近渴。劉姐對於他們是一片茂密的草原，是一汪清甜的泉水。他們都渴望從她那裡得到一碗，哪怕是半碗清泉，以解他們在非洲的炎熱和饑渴。老闆不對劉姐再抱有幻想，先前對她的殷勤轉成了對她背地裡的詛咒，說她騷，如果她不騷，他國內的老公不會把她打出國門。

五

一連幾天的大雨，從院旁的野地裡飛進走廊很多來避雨的帶翅的螞蟻。它們的翅膀被雨水打濕了，碰巧走廊裡的地面上也有積水，只見萬千透明的翅膀在積水裡撲打。卻怎麼也掙不脫積水對它們的吸附。師傅們忙著去收集落水的螞蟻。讓劉姐晚上油煎了一盤焦黃的螞蟻，焦黃的螞蟻散發出誘人的清香。幾位師傅都搶著伸筷子，國內笑星趙本山做過蟻力神的壯陽藥廣告。他們都曉得這是壯陽的補品。

小鄭，你也吃呀，大補呢。老闆一邊咀嚼一邊關切地對我說。雖然我內心看不起他，但我並不表現出來，表面上還相處得很好。我明白，一和他鬧彆扭，這工作也就無法順利地做下去了。

我笑著說，我還年輕呢，用不著補，再說在這裡補了，沒有用武之地呀。

他們嘿嘿笑了。劉姐也笑了，說，你這小不點，也學會油嘴滑舌了。真是跟什麼人學什麼人啊。

我扭頭看老闆，他有些不自在。

天氣放晴的第一晚，老闆電話通知我晚上會來一個集裝箱。讓我安排好人等。飯後，十五個黑工在廠門外一邊閒聊一邊等集裝箱的到來。酒吧裡的啤酒在誘惑他們，要想掙得啤酒錢，都會搶著來卸櫃子。十五個人足夠了，往往會來二十多個人。

每次都是半夜卸櫃子。如果白天卸，那些政府部門的人就會尾隨載集裝箱的卡車到工廠，然後以各種理由勒索，不付錢就威脅要封你倉庫，沒收你的集裝箱。晚上他們下班了，被他們尾隨的幾率就小了。

黑人皮特挎著槍和另外兩個保安在院子裡巡邏。停在我們大廳的窗外說，準備些中國茶，卸完櫃我們吃。

沒問題，老闆爽快地答應了他們。

這幾個保安在卸貨的過程中負責監視工人的行動，一不小心，工人就可能搬一箱貨物就跑掉了。每次卸完櫃，這三個保安會享受一頓中國茶或我們吃剩的點心。他們只說 wonderful！

集裝箱來了，卡車駛進工廠，停靠在倉庫門前。

黑工們脫掉上衣，露出結實的肌肉。我站在貨櫃口負責安排黑人卸貨，劉姐在倉庫點數，幾位師傅在倉庫安排黑工怎樣擺放一箱一箱的原材料。不一會，黑人脊樑上的汗水就閃閃發亮了。忙碌了一個多小時，劉姐點的數和國內發來的清單上的數量一致。

於是付工錢，黑工們很快散開去了周圍的酒吧裡。

我去洗澡，老闆去為他們三個準備茶。我以為洗完澡會有一個甜蜜舒適的睡眠在等我。但是我想錯了，喝完茶的三個保安闖了進來。皮特持槍對著我和幾位師傅，兩個保安撞進劉姐房裡把穿著睡衣的她托了出來。托進了那三位師傅的大房間裡。

劉姐在裡面撕心裂肺地叫我：小鄭，救我。

我剛想挪動腳步衝進去。那槍口就頂上了我的額頭。在這酷熱的夜晚，我一身冰涼。

皮特抖動了一下點著我額頭的槍管，說再動就打死你。

幾位師傅在我背後直打哆嗦。劉姐開始還在大聲呼救，後來就只聽到痛苦的哀嚎。特別是當我聽到小鄭救我時，我的心都碎了。我看著聽著她受辱，卻無能為力。我真想不顧一切地衝進去，把那兩個畜生砍掉。但我很清楚，我一動，我的腦袋也開花了。

裡面的一個保安出來了，輪到他支強槍頂住我的額頭。皮特迫不及待地跳進去。

劉姐又是一陣撕心裂肺的哀嚎。

六

三個保安跑掉了，劉姐住進了醫院。

那天晚上回到我房間，發現老闆的枕頭下冒出兩個子彈尖，我掀翻他的枕頭，兩發子彈好好地躺在那裡。給保安配備的那把槍就兩發子彈。老闆每天負責晚上把子彈發給保安，早晨再把子彈收回來。保安白天巡邏時，實際上拿的是空槍。晚上才是真槍實彈。也就是說，老闆那晚沒有發給保安子彈，那頂著我腦門的實際上是空槍。即使我反抗，我的腦漿不會蹦出，頂多被孔武有力的保安暴打一頓。只要我們奮力反抗，劉姐也許不會受此侮辱。

我抓起兩發子彈狠狠朝老闆的腦門上砸去，頓時，血順著他的額頭流下來。

我說，你沒發給他們子彈，你早就知道那是空槍。

他直嚷嚷說，他當時緊張忘記發還是沒有發了。

我懷疑那是老闆對劉姐實施的一個陰謀。

我悄悄地把保安喝剩的茶渣收集起來，又倒上半碗肉湯和米飯混在一起，喚來黑人家的狗。狗很快就貪婪地把盆底都舔光了，不到五分鐘，鄰居家的公狗就上了我們工廠裡的那條母狗 。那條公狗是我們送給黑人鄰居的禮物，是母狗的兒子。

老闆找我私密談話。叮囑我這事不能外洩，弄不好就是一個國際事件，我這一輩子的心血也就完了。他還答應給我加一倍的薪水。

但我感到了處在異國他鄉的恐怖和孤獨，辭職了。

老闆說，你再等幾天，劉姐出院了，你再回國。

他想讓我陪劉姐一起回去，路上好照顧她一下。她精神有些恍

惚。我猜他也一定使用了手段讓劉姐守口如瓶。

回國的飛機上，我幫她從空姐手裡接過飲料和機餐。可她不吃不喝也不說話。

在迪拜轉機的時候，我問她要不要給家裡人買點禮物，這裡是中東最大最豪華的機場，什麼都能買到，但她冷若冰霜，對我不理不睬。

一路上都是這樣。

籠中藪貓

小魯的同事回國結婚去了，國內總公司派來一位新員工小胡接替他的工作。商店位於首都坎帕拉市中心，他們在郊區租了一套別墅用來住宿。對於久居大城市的中國人來說，這套別墅大得奢侈，院子加房子達兩千平方米之多。院子大了，便顯得空闊。除了養狗，小魯還想養點別的寵物。但平時工作繁忙，哪有閒暇去照顧牠們，狗都餓得精瘦了，他也只是想想而已。

聖誕節前兩天，公司的當地黑人員工 TONY 帶著公司頒發的年終獎金和聖誕禮物美滋滋地從首都乘小巴士回到他位於尼羅河旁側的家，與家人共度佳節。一天下午，小魯接到 TONY 的電話，問小魯想不想養貓，他父親在尼羅河邊捕捉到一隻巨型大貓。

小魯問小胡，喜不喜歡貓？

小胡說非常喜歡，國內家裡養了兩隻呢。

小魯讓 TONY 聖誕節後把貓帶到公司來。

TONY開價二十萬先令，合人民幣四百塊。小魯急了，說你這是金貓呀，這麼貴，不要不要，在坎帕拉兩萬先令就能買到一只好貓了。

TONY說，這可不是一般的貓，見了，你保證喜歡，價格可以再商量。

小魯想該養只貓了，家裡老鼠那麼猖獗。如果貓不聽話，就把牠關進籠子裡。

院子一角的棕櫚樹陰下，立著一個高三米寬三米長四米的大鐵籠子，風吹日曬雨淋，早已鏽跡斑駁。據說是先前一個挪威租客，用它來養過猴子。

聖誕節後第二天，TONY帶著一個大牛皮紙箱，到了小魯的別墅。

TONY在小心翼翼地開箱子時用蹩腳的中文說：亮瞎你的眼睛。

果然，箱中的大貓像一頭小型的豹子，軀幹和四肢勻稱修長，黃色的皮毛上點綴著黑斑，腿長尾巴短，尾巴上有幾道黑色環紋，尾尖呈黑色，一雙耳朵又高又闊，比家貓精神多了，是正常貓的三倍大。只不過麻布緊緊地綁住了牠的前後腳，側躺在箱底，可能是由於恐懼，嘴裡發出恐怖的叫聲。

小魯很喜歡。

小胡興奮地想去摸摸牠。被TONY制止了，說先別碰牠，這是野生的會咬人。

小魯問，牠會捉老鼠嗎？

TONY說不會。

他們讓保姆去打掃鐵籠，並從雜物間找出一把年代久遠的老鎖。他倆都說，這麼龐大漂亮的貓值二十萬先令。沒有講價，小魯就慷慨地付了錢。

小魯問TONY，餵牠吃什麼？

TONY也不知道，打電話問他父親，父親告訴他，青蛙、蛇、雞、魚、兔子牠都吃。

讓保姆從冰箱取出一條魚，用餵狗的盆子盛了，提前放進籠子裡。TONY一手掐著貓脖子，一手托著貓身子，遞進籠子裡，用一把長剪刀剪斷綁住貓腳的麻布繩。迅速關上籠門，掛上那把笨重的老鎖。大貓四肢好像麻木了，好一會才舒緩過來，慢慢站了起來，奔到籠子一角，試圖從細密的鐵網壁上鑽出去。試了幾次，徒勞無功。嘴裡發出哀鳴，也許是餓極了，只用了一分鐘時間，回頭把那條一斤多重的魚吃得乾乾淨淨，餘下一排亮晶晶的魚刺。飽餐後的大貓叫得更淒厲了，那叫聲，是對禁錮牠的牢籠的反抗和不滿。籠當中立著一堆大樹根，盤盤曲曲的，不叫喚時，大貓從地面一躍而起，穩穩地停靠在樹根的頂峰上。

小胡從未見過這麼漂亮的貓，每天親自餵牠。第二天喂了牠半隻雞，第三天餵了牠一隻兔子。大貓的食量極好。但最喜歡叫。白天尚可忍受，半夜裡叫起來，驚天動地，實在是想起床，跑到院中，打開籠子，讓牠滾回尼羅河畔去。不知不覺，已養了兩月。

雖然牠活動的區域僅限於在籠子內奔跑跳躍，但也長了不少肉。脊背腹部的肉明顯地增厚了。灰色的眼睛更顯明亮。

小魯是公司的經理兼會計，兩月算下來，大貓每月的伙食費高達一百美元，顯然這一百美元是小胡拿來給貓買魚、雞、兔子了。小魯覺得不划算，天天給做飯打掃衛生的保姆工資還不到一百美元呢，憑什麼讓一隻野貓吃一百美元。再說牠性野，打開籠子，指定牠會跑得無影無蹤。短時間內也無法把牠馴服。

再說，老總過段時間要從國內飛到烏干達來視察工作，好魚好肉地餵一隻野貓。他看到不心疼死才怪呢。他一心疼，我倆的工作就岌岌可危。

小胡說，這麼大的老總，不至於這麼小肚雞腸吧。

小魯說，你才來公司多久，你根本就不瞭解他。我給你舉個例子，你就明白了。去年他來視察工作，他睡的床一根螺絲滑竿了，螺絲上不緊，床就晃得厲害。他與黑妞在上面翻滾，床就像大喇叭似的向外界直播他們的活動。他不好意思了，就和我一起去市場上買螺絲。在一家小五金店找到了，一千先令一個，合人民幣兩塊錢，我剛付了錢，他突然說，家裡不是還有兩個多餘的螺帽嗎？我們不要螺帽，只要螺杆，讓他便宜些。小店老闆無可奈何地搖著頭笑了

笑，取下螺帽，伸手去錢袋裡摸了一個兩百先令的硬幣，扔給了我。兩百先令合人民幣四毛錢，四毛錢他都在乎，野貓一月一百美元的伙食費他不在乎？

小胡說，我實在是太喜歡這隻貓了，要不讓別人替我們養段時間，老總走了，再挪回來。

小魯說，讓別人養，也得給別人寄養費。咱公司的賬一向都是清清楚楚的。

把牠放了吧，兩人又不心甘，畢竟在牠身上已經花了二十萬先令和兩百美元了。

小魯和小胡都是南方人，兩人商量了好久，最後終於達成一致的協定：吃掉牠。

他們委託當地人，趁著天黑把貓給宰了，剝了皮。貓被宰時的那聲慘叫，令小魯頭皮發麻，小胡則做了一夜的惡夢。

沒幾天，野貓的肉被他倆吃的乾乾淨淨，骨頭也煲湯喝掉了。小魯說，沒想到野貓的味道這樣鮮美，遠遠勝過果子狸的味道。小

胡醉心于那張貓皮，鋪展開來，漂亮的炫目。讓人處理乾淨，曬乾，製成了一張標本掛在客廳裡。加上擺在茶几上烏木雕刻成的大象河馬，這別墅裡，非洲味道更加濃烈。

老總如期到來，進客廳第一眼就看到了那張貓皮標本。

他睜大眼睛，臉上現出非常吃驚的表情，你們從哪里弄得這張標本，不會是你們把牠吃了吧。

小魯聰明，說，不是。是一位剛果金的客戶送給我們的貓皮標本。

老總說，那位剛果人是個大傻Ｘ，竟然殺了做標本送人。我在美國，義大利都見過這種貓，叫藪貓。很金貴，美國有個俱樂部，會員加入的條件是，要有一輛昂貴的跑車和一隻血統純正的藪貓。我看這個標本，非常漂亮，活著的時候，馴服了，至少值三萬美元。

小魯和小胡心裡暗罵自己，為什麼不在網上查查這種貓的價值，竟然把牠當做一般的野貓吃掉了。

無知害死藪貓。

維多利亞湖中的鳥島

西湖承載了太多歷史人文的東西，走進西湖，就如走進了唐詩宋詞，明清的散文小品裡。那些名士們一一閃現於腦海中：蘇軾、張岱、袁宏道、鐘敬文等等。總之，在西湖你無法找到自己。而在維多利亞湖，你不必擔心古人的詩詞文章在你腦海裡攪成一鍋粥，在這遠離中文背景的地方你可以單純地欣賞它的景色，把自己融入這片天地裡。

花相當於二百元人民幣的先令，就能雇一艘帶發動機的小木船，讓黑人船夫駛向你所中意的小島。這些原生態的小島，雜花生樹，飛鳥萬千。小鳥們並不因為你的到來而驚慌失措地飛逃而去，幾百年幾千年來，沒人傷害過它們，更沒有人吃過它們。人對於牠們來說，只是另一個物種而已，大家和睦相處。這些白色的黃赫色的彩虹色的鳥兒，我只覺得他們千姿百態，歌喉婉轉，並叫不出它們的名字來，只能給它們起一個統一的名字：幸福鳥。還有那些樹，也許是為了避日吧，每株都有一個傘狀的冠。綠冠上綴滿白色黃色

紅色的密密匝匝的花。如果你唯心一點，如果你能夠欣賞王陽明，（不好意思，又讓古人來打攪了）你會覺得這些花這些樹是因為你的到來才存在，是因為你的到來才開得如此明白。

那個週末，我們輕舟而去的就是這樣的一個無名小島。小島方圓一兩公里，只是花鳥的天堂，沒有大型猛獸，並不用擔心濃密的樹叢背後隱藏著什麼危險。

在我們棄舟登岸的石頭上，殘留著幾塊魚刺骨頭，石頭腳下，躺著一堆被雨淋濕過的灰燼。一定有人來這裡野炊過。這幾根魚刺骨頭吊起了我的胃口，便問船夫，我們何不在此烤魚吃？可惜我們沒有捕魚的工具。只能羨慕那只低翔在水面上的白色水鳥，突然一頭紮進水裡，等它浮出水面，嘴裡已經吞著一小瘦長的小魚，小魚的尾巴在鳥喙的邊緣外掙扎。船夫建議我們去另外一個島上去吃當地人做的油炸鮮魚。

我躺在有些陰涼的石頭上，翻了幾頁英文小說，接著就開始了漫無邊際的胡思亂想：將來的某一天我買下了這座小島，蓋了一所房子，面朝大海似的湖面。於是我就成了島主，鳥兒是我的臣民，清晨它們用悠揚婉轉的歌聲喚醒我去看日出，晚上我則靜臥床頭聽雨打蕉葉。餓了，撐起小船網幾條魚；渴了，打開幾個椰果。島上的木瓜、油梨、芒果也可恣意品嘗。屋裡置一書架，書架上盡是我喜歡讀的書。呵呵，就是晉代的陶淵明，美國的梭羅也要嫉妒我了。

在另外一個小島上喝了NILE啤酒吃過鮮魚和薯條。船夫說，回去吧，我們已經待在這裡很久了。在我看來，在這島上待一輩子也不夠。但對生於斯長於斯的船夫來說，熟悉的地方沒有景色，這裡並不值得留戀。

於下午西斜的陽光中，我們的船離了小島，漸行漸遠。小島慢慢地收了它的鮮花和水鳥，在遠處，只留給我們一大團模糊的深綠，充滿神秘。

我坐在船頭，朝湖的東南方向望去，煙波浩淼，水天一色。我知道因為生意的緣故，我將於不久的一個深夜，在烏干達的這岸登上一艘客輪，沿著浩瀚的湖面，駛到彼岸一個叫做姆完紮的坦尚尼亞的小城去。

非洲風流記

一

我曾經在一篇文章裡說過，老闞是行李箱裡裝著四顆偉哥來到非洲的。本來買了五顆，在北京轉機，旅館裡住了一夜，服了一粒。用老闞的話說，效果杠杠滴，雖不是正宗偉哥，但臨床實驗，效果遠超偉哥，以後一次服半粒就夠了，用多了，浪費。老闞一沾酒，他的豔情往事就從他嘴裡滔滔不絕地湧出了，其情節之豐富曲折，色情小說作家聽了都自慚形穢。我說，你講講在北京的那一夜。他端起酒杯，脖子一揚，一口酒下肚，很享受地閉一下眼睛，說，那小姑娘，擱在北京城裡也是數得著的，服務真好，直誇我，大哥身體真好。

老闞從不回避他找小姐的事情，有時我問他，你這樣頻繁地找小姐，回家還要伺候你老婆，你這五十歲的身體能受的了嗎？他說，我老婆性冷淡。我年輕時候更厲害，大冬天騎著自行車去哈爾濱大橋底下和相好的約會，現在想想都很豪邁。

老婆性冷淡的老闆最近與我哥們楊剛鬧矛盾，彼此意見很大。

楊剛是我大學同室室友。平時關係不錯。本來他沒打算來非洲，他專業學習得不錯，畢業後完全可以靠專業養活自己和未來的老婆。我應聘到這個來非洲的工作後，老闆娘楊萍說，你能從你同學裡面再給我推薦一位嗎？我就找了楊剛，那時我希望有個同學與我結伴同行。對於年輕人，無論遠方有多遠有多窮，但遠方總有無窮的誘惑。楊剛與父母一商量，就決定了。那時我沒有考慮到楊剛的身體。楊剛一米七八的個子，看上去很魁梧，面容也俊朗，如果我和他同時去泡妞或相親，我是永遠沒有份的，只能把他映照的更華麗生輝。美中不足的是，他有時腰痛，渾身無力。他說中學時自娛次數太多，前列腺出了問題。所以在中國登機之前，楊剛買了幾顆「鋼炮」，前列腺炎發作時，把「鋼炮」塞進肛門，痛苦的狀況就減輕了。那時，我覺得前列腺病沒什麼大不了，只覺得好玩。一次他去博愛醫院複診，一位大媽級的醫生給他做檢查，大媽用手握著他的小弟弟來回蠕動了幾下，問他，舒服嗎，小夥子。當楊剛給我講這件事時，笑得我肚子痛。來非洲才三個月，鋼炮就塞完了。用完沒幾天，他就與老闆鬧了矛盾。

起因是這樣的：楊剛英語不好，老闆娘就讓我跑市場，讓楊剛當倉管和會計。公司以前生產裝修房屋用的石膏線條。最近從河南進了一套生產石膏防火板的機器。這些日子正在安裝機器，老闞是萬能工，老劉老季是安裝工。安裝好後他們三人都會成為車間主任，指導當地黑工操作生產。安裝用的鉗子、斧子、大管鉗、切割機等工具都是從國內進口的。三位師傅取了工具需要在記錄本上簽字。用完歸還後再把簽字劃掉。以防丟失，在非洲買這些工具，價格是國內的好幾倍。一天，楊剛說老闞拿了一把大管鉗沒有歸還。老闞硬說沒拿。楊剛說沒拿怎麼沒有了？老闞說，我拿了就會簽字，你把簽字本拿來，我看看。

楊剛認真對他解釋說，你那天雙手沾滿機油，拿筆簽字不方便，我說你別簽了，用完記還回來就行。但是你沒還，一定是讓黑工偷走了。老闞的額頭青筋暴露，閃亮的禿頂上滾動著幾滴汗珠，散盡在眉毛裡。氣得咬牙切齒，嘴裡的半口假牙嘎嘎響。說，你這不是污蔑人嗎？幸好老闆娘在，不在，我還說不清了。哪次我沒簽字，這是規矩。自己的責任不要推給無辜的人？

晚餐時，楊剛還在飯桌上嘀咕，就是你拿了。

老闞猛喝一口酒，把空酒杯重重地頓在桌面上。說，媽的，好，就算我拿了，我賠。說完，惡狠狠地瞪了楊剛一眼。

小夥子別死心眼，老劉老季在一旁也旁敲側擊楊剛。

我潛意識裡覺得老闞這種人是惹不起的，況且他還是老闆娘的一個遠房表舅。得罪他，就等於得罪老闆娘，得罪老闆娘，工資就不容易得到。我們萬里迢迢來非洲不就是為了掙錢嗎？

我私下勸楊剛，出來工作，儘量別與同事鬧矛盾，但楊剛性格倔強，我說的話如風過耳，如屁穿襠。

二

非洲的夜晚很涼爽。

在清風裡，在明月下，在蟲聲唧唧蛙聲呱呱的音調裡，坐在院子裡椰子樹下的小桌子旁，喝一瓶當地苦味濃厚的冰鎮啤酒，舒心爽口，是勞累一天後最好的享受。偶爾還能聽到遠處傳來的黑人的音樂聲。當然享受這一刻的清爽時，都是我從外面跑了一天的業務，

歸來與楊剛對完帳單之後。楊剛對我的帳單查得很緊，我在烈日下多喝了一瓶飲料，他都頗有微詞。

之所以這樣，我覺得有兩種原因，一是老闆娘懷疑我，讓他盯緊我。老闆娘懷疑跑業務的工作人員很正常。二是楊剛心裡可能嫉妒我在外面跑跑顛顛自由自在的生活。他每天都要待在工廠，少有外出的機會。當然，也許是我以小人之心度君子之腹。工作是工作，友情是友情，不可混為一談。

老闆娘很欣賞楊剛的認真。楊剛比我小一歲，老闆娘的兒子孫虎比楊剛小一歲。兩人都玩魔獸，經常切磋遊戲技巧，有共同語言，關係不錯。老闆娘就把他倆安排在同一個房間裡住。老闆娘在市中心另租一套公寓，每晚都返回她的住處。每到週末，老闆娘都會帶著孫虎和楊剛回她市中心的家玩。

每次他們的車響動離開時。老闞老劉老季三位師傅都不無眼紅嫉妒，說，楊剛真是紅人啊。他們去吃大餐了啊。

老闞咳嗽一聲，說媽了個逼，他們去吃大餐。我們在家喝大酒，操黑妞。

我們都為老闆的粗俗不堪笑了。

三

機器安裝得極其不順利。機器是從河南進口的。買前試驗過，很好，萬里迢迢運到這裡來。好像水土不服，走不上正道。老闆娘和三位師傅，大罵廠家黑心。接著又連帶上了河南人。晚餐飯桌上他們因為一天的努力毫無成效，借著酒精的刺激又罵起來。說，就是不能相信河南人，都他媽的是騙子。楊剛急了，說我也是河南人，哪個省沒有幾個騙子？罵廠家可以，罵河南人就不行。楊剛把筷子往桌子上猛一拍，起身回屋了。

幾位師傅面面相覷，罵了幾天河南人了，還不知道身邊的楊剛就是地道的河南人。

機器安裝不順利，老天也跟著不高興，嘩嘩下了幾天的雨，空氣潮乎乎的，走到哪裡都覺得身上發黏。

老闆娘像是魔鬼附體，指天罵地，罵聲裡隱含著三位師傅的無能，不會安裝，技術不到家，白給他們這麼高的工資。師傅們心中

有氣，又無可奈何，完全沒有晚上在一起喝酒吹牛逼時那種洋洋自得的神態。只得拿著圖紙，臉面羞紅地細細研究。一邊研究，一邊還要操國內供貨廠家老闆的娘，這萬里迢迢的，老闆的娘一定沒任何反應。

四

老闆娘和師傅們的咒語起了作用。國內廠家老闆答應派個人來給安裝，但往返機票食宿等一切費用由買方負責。老闆娘說沒辦法，誰讓人家技術高超呢？三位師傅無話可說。不認為自己技術不行，一口咬定進口機器質量差。

於是師傅們沒事了。每天待在院子裡逗黑姑娘玩，說笑間，伸手去人家胸前摸一把。黑姑娘鼓漲的乳房就兇猛地顫動。她們也不反對，還嘿嘿笑著。等到國內派的安裝師傅拿到簽證已經是兩星期之後了。這兩星期裡，老闆娘的兒子回國上課去了。老闆的偉哥已經用去三粒。一粒分三次用的。照這種速度用下去，老闆的藥馬上告急了，楊剛的「鋼炮」也用完了。於是他倆各自讓國內朋友買了自己急需的東西，快遞給即將到來的廠家派出的安裝師傅。可是在這兩星期裡，楊剛從身體上到精神上都倍受打擊。

精神上，老闆背後總是跟老闆娘嘀咕楊剛的不是。說這丟了，那不見了。老闆娘去倉庫一查，果真沒有了。老闆接著說一定是楊剛的疏忽讓黑人鑽了空子偷走了。楊剛支支吾吾說不清楚。

肉體上，由於鋼炮用完，總是腰酸背痛，精神渙散無力。他說有時疼得汗珠滾滾。

我問他，你這病影響你早晨的晨勃嗎？

他馬上面紅耳赤地說，不影響，一點都不影響，要不明天早晨你看看。

我只是替他擔憂，沒興趣看一個硬邦邦不知羞恥的肉棍子。

因為老闆的讒言和倉庫內外工具的莫名其妙地丟失，楊剛再也沒有機會去老闆娘那裡享受大餐了。並且老闆娘明確表示出了對楊剛的不滿。但暫時也沒有人手能替代楊剛的位置。

楊剛經常彎著腰一手按著屁股上方的腰際，一手伏在桌子上，滿臉的痛苦。每看到此景，我就有些自責。當初為了自己不孤獨，讓身患疾病的楊剛來非洲受罪。事先我並不清楚他痛得這樣厲害，否則，我萬萬不會把他推薦給老闆娘的。

老闆娘看著與他兒子年齡相仿的小夥子痛成這樣，在某一個時刻一定是動了惻隱之心，說，明天我帶你去中國紅十字會援助非洲的醫院看看吧，那幾個醫學博士我都認識。

因為老闆娘心強好勝，氣血不足，容易暈厥，是他們的常客。

周日，國內安裝師傅到來的前五天，他們去了中國援助非洲的醫學博士那裡。當然，在醫學博士那裡發生的事情我未曾親自經歷。但根據事後楊剛的簡單敘述，再利用我的一點有限的想像力，來重現那時的情形：

啊，楊老闆來了，醫學博士熱情地開門讓座，問這帥小夥子是誰？

是我新來的會計，老闆娘說，他有些不舒服，帶他來看看。上次你給我開的那幾副中藥，挺管用的，氣血足了，等吃完剩下的兩副，再來拿些。

那個方子就是專治你這種病的，醫學博士問小夥子，你哪裡不舒服？

楊剛說，腰疼。一陣一陣間歇地疼，特別是坐久了之後疼得更厲害。

那你以前有沒有扭傷過？

沒有？

你這麼年輕怎麼腰疼？醫學博士疑惑地問。

可能，可能是前列腺炎引起的，楊剛不好意思地說。

醫學博士似笑非笑地點了點頭。

老闆娘聽到前列腺炎看到醫學博士的笑後，臉和脖子一瞬間紅了，差點暈厥過去。繼而是一臉怒火，隱忍著沒有發作。

醫學博士知道，老闆娘前幾年把和自己白手起家同甘共苦的老公趕回國後，就一直單身。而她的年輕會計又得了前列腺炎。其中意味深長讓人無限遐想。這就是他似笑非笑的原因。

回工廠的路上，老闆娘黑著臉，黑人司機不曉得發生了什麼，還在試圖找話題與老闆娘說話。老闆娘突然間爆發出一句：SHUT UP！！車內頓時安靜了，空氣都似乎凝固了，只有發動機微弱的聲音在車內迴盪。

傻逼，老闆娘又大聲補充了一句。

聽到傻逼後，楊剛才意識到哪裡錯了。事先老闆娘不曉得他有前列腺炎，只以為他是一般的腰痛，否則，不會帶他來看醫生。

楊剛當初聽到老闆娘陪她來看病，心裡感恩戴德激動異常，不曉得會給她造成難看。那聲響亮的傻逼，就是衝著自己來的。

五

國內老闆派的安裝師傅到了，我負責去接機。

機場返回工廠的路上，師傅一路吹牛逼。對我炫耀去過多少國家了，睡過多少女人了。我心想怎麼又來了一個老闞的同類。他年紀也五十上下。只是比老闞更禿，頭髮幾乎掉光了，油光閃亮。嘴角一顆大黑痣，痣中央伸出一根長長的黑毛，隨風飄搖，一會兒，飄搖的鬍鬚被他的唾沫星子打濕了，沾到了下巴上。

我心裡暗自感歎，大師季羨林年輕時有則日記：這輩子沒別的理想，就是多日幾個女人，尤其是不同地方的。難道大師年輕時的夢想是所有男人的夢想。我告誡自己，一定把持住自己，哪怕雙手磨出繭子，也不能亂性得愛滋。

老闆娘對於安裝師傅的到來並沒有表示出應有熱情和歡迎。只是在這位於師傅面前大罵他的老闆。接待于師傅的飯菜和我們平時吃的沒有兩樣。

我不知道于師傅在泡妞上究竟有多大的本事，但是對於安裝，他確實在行，只用兩天，他基本上就安裝完了。老闆娘臉上逐漸綻出笑容，笑意在她臉上一道道細長的皺紋裡蔓延。

最後發現一個關鍵的零件沒有了。是用來連接發動機和機床的。

老闆說，我昨天還在倉庫看到了呢。

於是通知讓楊剛拿來，楊剛在倉庫找了一遍，沒有那零件。

老闆說，昨天就在倉庫的牆角放著了。

老闆娘剛有笑容的臉上又滿生憤怒。對楊剛說，說什麼你也得給我找出來。

沒有就是沒有，我從來沒見過。楊剛頂了一句。

什麼，老闆娘怒不可遏。你找不找？

不找。

啪，一個閃亮的耳光扇到了楊剛臉上。

楊剛挨了一耳光，反而安靜下來了。指著老闆娘說，我不幹了。

老闆的臉上散出一種惡意的笑。

事後，我覺得是老闆搞鬼。但老闆娘相信他。他是她的老表舅。

第二天一早，不見了楊剛，大家都以為楊剛想不開，蹲在工廠的某個角落裡生悶氣或反思自己的過錯呢。

就在這時，大使館來電話了。大使館工作人員斥責了老闆娘一頓，說就是她這樣的商人丟盡了中國人的臉。讓她馬上去大使館解決問題。

工作了近六個月的楊剛回國了。老闆娘給他一合計，沒掙錢不說，回去的機票錢也要楊剛自己出。楊剛的父親聽說兒子鬧到大使館，以為出了多大的事情，惶恐得不得了，護子心切，馬上出錢買票讓楊剛飛回國了。

六

安裝成功的那一天，老闆娘親自下廚擺了一桌酒席。老闆娘親自給他們斟酒，說些以後要齊心協力之類的話。

老闆說，以後咱真的得齊心協力，楊剛英語不好，根本就不知道中國大使館的電話，也不知道在那一條街，沒人給他指導，他能去得成？說完，他諂媚地著望著老闆娘。

我確實告訴了楊剛大使館的電話和位址。

老闆娘意味深長地看我一眼。

我端起酒杯悶了一口，透著窗戶看到窗外皎潔的月亮，聽到了千萬種昆蟲的奏鳴。心裡涼涼的。默默告訴自己，也許是離開的時候了，即使拿不到應有的薪水。

老于好像看出了什麼，說反正我後天就回去了，說什麼大家都不要介意。我覺得咱們都是上了年紀的人，對年輕人寬容一點，不要那麼苛刻。誰沒有年輕過。

他的這句話讓我心裡暖暖的，頓時對他有了無限好感。

老劉、老季在盡力勸老闆娘、老闞、老于喝酒。老闞已經微醺了，當著老闆娘的面不敢造次講他的風流韻事。飯後，老闆娘回她市中心的家。他們幾個講著酒後言不由衷熱烈的話。

隨後都回屋休息，是我扶著老闞進屋的。他沒有醉，只是身子飄飄然而已。腦子清醒得很呢。

我躺在床上，側過身對著躺在對面床上的老闞說，闞師傅，以後多多承蒙您的關照了。

他馬上回答，沒問題，沒問題，跟著我，只要聽我的，一切都好說，跟我混，工作挺順，雞巴也挺順。

這一刻，好像他成了老闆。

我饒有興趣地問他，你的偉哥還有嗎？真羨慕你，連黑人小姑娘也喜歡你。

以前的用光了，于師傅捎來的因為這幾天忙還沒有用呢，不知道效果怎樣，你要是用，我送給你一顆。

我說我還年輕，用不著。

他馬上解釋說，不是我不用藥就不行了，不用也杠杠滴。只是用了以後更強更久更長更爽。

於是，他給我講了工廠裡哪四個黑女工與他上床了，其中一次是在一顆頂著滿天星光的椰子樹下進行的。

七

幾個月後我辭職了。當然也和楊剛一樣沒有拿到老闆娘當初許諾工資的全額。但我在此另謀了一份為中建集團採購的工作。

辭職的時候，老闆娘心平氣和地跟我談話，希望我辭職後馬上回國。如果在這裡轉到別的公司工作的話，將來我的腿斷一截或者手掉一只是極有可能的事情。這不是在中國，這裡命比狗賤。

她威脅我。

我輕蔑地笑笑，我不怕，她的話如風過耳，如屁穿襠。

離職前一個月，我分別找到了和老闞睡過覺的那四位黑姑娘。和她們聊了很久的天。她們知道了怎麼能一次賺夠兩年的工錢。

我離開公司的那一天，還沒有走出院子，就看到四位黑工在工廠裡圍住了老闆娘，說老闞強姦了她們不止一次，她們風乾的內褲上都有老闞遺留下的證據。

老劉、老季和新來的小張看著老闞不懷好意地笑。老闆娘鄙視地看著老闞說，老表舅，如果她們真的去告了你，報紙上一登，全世界都知道了中國人在非洲接連強姦四名黑女人，到時候咱們公司別想再開了，都打包滾蛋吧。老表舅，你要毀了我七八年的心血嗎？

老闞難堪至極，強詞奪理，對著黑工說，放屁放屁，你們這是在污蔑人。

但這四位姑娘確實和他發生關係了。當初是自願，現在她們只不過改口稱強姦而已。

姑娘們說，不上法庭也可以，一人賠一千美元，私了。

我離開的時候，老闆和老闆娘還在工廠院子裡和四位黑姑娘討價還價，周圍圍著一群黑小夥子。黑人小夥子們個個義憤填膺，憤憤不平，說一定把老闆送上法庭。但他們只說不做。因為他們還繼續想在工廠工作。家裡的孩子老婆還在等他這一天的工錢。只是發洩似的學著老闆的腔調，罵著他們學會的唯一的一句中文：馬勒戈壁。

沿街兜售的英文老師

聖誕節那天清晨，Richard打來的電話驚醒了正在沉睡中的我。我以為他是向我祝賀節日快樂的。從他無奈又氣憤的聲音裡得知，他家昨夜遭了搶。五個強盜破門而入，逼他拿出所有的錢。電腦、相機，甚至他女兒的書包、冰箱裡宰殺好的一隻雞都無一倖免。等到報了警警察趕到時，盜賊攜帶者贓物早已逃之夭夭。他想從我這裡借十萬先令好度過這一難關。我能想像得出，一位五個孩子的父親在一個重大節日裡，面對孩子們期待的眼神是一種怎樣的尷尬。我毫不猶豫地答應了，開車到附近的那個大超市，他正在那裡焦急地等我。顯然，他還想為孩子們準備一頓豐盛的晚餐，好平息昨夜被搶劫的驚悸。

Richard是我的一位顧客。經常來我商店裡批發一些插排插座、轉換插頭，裝入他那只特大型的黑色提包裡，沿著城市在各個街道上的商店去零售。他身材魁梧，帶著一副金絲邊眼鏡。戴眼鏡的非洲人很少見，所以他看上去很特別。有一次我問他，你為什麼不開店呢，這樣每天沿街跑多辛苦呀。他告訴我，他是和教育部簽約的演講師，不定期地去給各個高校或中學的學生演講。沿街零售能讓他自由地安排時間。

對於他的話我將信將疑，如果在中國，很少有講師拉下臉面去街邊做零售貨物的小販。直到一天他告訴我，他在馬凱累累大學有個講座，問我願不願意去聽聽，我說好。

等我趕到馬凱累累大學，禮堂裡面黑壓壓地坐滿了幾百位畢業生。我坐在前排左側入口處臨時增加的一個座位上。由於我是外國人且膚色與他們不同，當他們齊刷刷地將目光投射到我身上，我有些坐立不安。不一會，這種狀態就消失了。Richard 自信的表情；流利的英文；幽默的談吐吸引了他們。他常常被畢業生們的掌聲笑聲打斷。這時，他在我心中，才切切實實地由小販的形象上升成了大學教授的形象。他演講的內容是畢業以後的人生導向。他演講末了，突然對畢業生們介紹起了我。他還邀請我上臺去講幾句話。我頭一懵，腦袋一片空白，站在幾百人的異鄉人面前，搜腸刮肚地說了幾句中國腔調的英文。下面雖然也給了熱烈的掌聲，但我卻緊張

害羞地面紅耳赤。事後嗔怪他為什麼不事先告訴我一聲，我好多少有點準備。

我在國內上學時通過了四六級考試。但英語一說出口，往往還是詞不達意。我問他能不能跟他學英文，他很樂意教我。決定每週日上午來我家授課四小時。學習的教材是勵志紀錄片《The secret》。紀錄片上沒有字幕，我聽一段就暫停下來，複述給他聽。他再糾正我的發音錯誤和我沒聽懂的句子。兩個月後，我的口語和聽力水準有了顯著提高，為此我親自下廚做了幾個中國菜請他吃。他也為我的進步而高興。

吃飯時他告訴我，他已經寫完了一本書，馬上就要出版了。問我喜歡不喜歡寫作？

我說曾經上學時喜歡塗寫幾筆，還發別過幾篇呢。他摘下眼鏡，露出了眼白，認真地對我說，我一定好好教你英文，你將來把我的書翻譯成中文，在中國出版。這樣既能增加收入，又能把我的思想傳到中國去。

我問他，你為什麼不學中文呢？

他笑了，說中文太難了。我學法語，西班牙語，很快就學會了，但是一看到漢字，腦袋就發暈。

我哈哈大笑，對他說，一旦你學進去了，會發現有無窮奧妙。

我就給他講解我教外國人中文的一個經典例子，以便引起他的興趣。我寫了一個男人的「男」字，我問他，知道這是什麼意思嗎？他茫然地搖搖頭說，不知道。我說把這個字拆開，上邊的「田」字像什麼，他說像農民的地。我說在古代，中國大多數男人都在田裡幹活養家，幹活沒力量行嗎，他說當然不行，必須strong。我說那就對了，這個下半部分「力」字就是強壯，力量的意思。綜合起來就是在田裡幹活且有勁的就是「男」人。他哈哈大笑，說漢字真有意思。我說作為當代的男人，下半部分沒力量行嗎？他連說當然不行，笑得更歡了。

但他最終還是搖搖頭說，還是很難。

我讀了他的列印書稿，是一部勵志書。書中很多觀點翻譯成中文並無新意。國內書店的勵志書已經氾濫成災，即使他的書翻譯成中文出版了也難以有銷量。我只有鼓勵他，一定好好跟他學英文，

將來好順利地翻譯他的書。因此，他給我加深了授課內容。

我曾問他，為什麼不在大學裡做一個專職的講師或教授呢？因為我知道國內高校的講師和教授大都生活的不錯。

他說，如果做了老師，就無法承擔五個孩子生活和上學的費用。我們國家太窮了，教師薪水低往往拖欠上半年不發。

沒有講座的日子，Richard 就沿街售貨了。我不曉得當他的聽眾看到曾經給他們講解成功學的老師提著一大包商品沿街售賣時是一種怎樣的感受？在那次馬凱累累大學的講座上，他只介紹他是公共演講協會的負責人，未提及他零售的工作。

毫無疑問他是一個真誠負責的人，為了自己的家人生活不辭辛苦地東奔西顛。這位每天早晨五點起床在孩子們的睡夢中開始寫作的人，對照出了我的懶惰和羞愧。為了不辜負他對我的期望，我只有更加努力地學習英文。

納庫魯之夜

因為生意的緣故，我背著旅行包，考察了肯亞的幾個城市，最後一天在納庫魯野生動物園與兩個美國人併車遊玩了一天。拍了許多動物的照片，望著自由奔跑或安然而臥的牠們不由的感歎，作為未被人類馴服的動物，是多麼的幸福啊。回酒店的路上決定連夜趕回烏干達，我不想落下每週日的英文課。於是先到車站買好晚上十點經過此地的長途大巴的車票，才返回酒店休息。在酒店一樓中國人經營的明月餐廳吃了一份炒麵，九點半時就趕到了車站等車。車站挨著公路，很簡陋的一所樓房，門口擺著幾條長凳供遊客小坐。工作人員說，大巴可能晚點，建議我到二樓休息室等。我說好。在非洲你必須有耐心，最好忘記時間，這裡的一切基本上不守時。如果你等一個人，電話上說五分鐘到，那你準備半小時後見到他吧。

準備起身去二樓，一個黑得異常的小夥子走到我面前說，我能和你聊聊嗎？

我說，當然。我繼續坐在長凳上等他說話，夜晚的風有些冷，

我緊了一下衣襟。他說，我需要你的幫助。

我以為他向我討錢，但是他穿得很整齊。

他來這裡四個星期了，他出生在烏干達。是他叔叔帶他來肯亞見他父親的，叔叔讓他在此等他，隨後就不見了。這麼長時間了，不但沒見到父親連叔叔也沒了蹤影。他想返回烏干達，但是沒有護照。

我問他，你沒有護照怎麼來肯亞的。

他說，過邊境的時候他坐在車裡，他叔叔下車與邊境上的工作人員不停地說啊說，最後放行讓他過來了。

他想以同樣的方式，讓我帶他回烏干達。但是他的面貌特徵看上去不像烏干達人，倒很像南蘇丹人。

我說，我是外國人，沒有你叔叔那樣的本事，我幫不了你。

他說求求你了，等車來了，我就跟你上車走。他幾乎要給我下跪。

對不起，我無法答應你。背起旅行包，我跨上通往二樓休息室的階梯。

我帶一個沒有護照、沒有任何自身證明的黑人越過邊境，實在是太危險了。萬一警察認為我販賣人口，怎麼辦？他告訴我他十五歲。尖臉捲髮的他讓我無法分辨他所說的話的真假。

都午夜十二點了，還聽不到大巴到來的聲音，我不停地詢問工作人員，他抱歉地拿起手機聯繫大巴司機，說是車壞半路，正在維修。等得心煩之際，那個讓我幫助他的小夥子上來了。告訴我，車快來了，下面工作人員叫我下去。他補充說，你就說已經給我買好了票，咱倆一起去烏干達。

我跟他下樓到站點辦公室，幾個工作人員問我，你給他買好票了？

小夥子替我回答，買好了。

我怕陷入他們的陰謀之中。因為有時候你永遠不知道他們想幹什麼。在這人生地疏的異鄉，我不能有任何閃失。

我馬上否認，我都不認識你，怎麼可能為你買票。我叫什麼名字你知道嗎？

附近的一個警察也過來了。起初小夥一口咬定認識我，是我把他帶到這裡來的。

我說你撒謊，警察和工作人員圍住了他，質問他的來歷和身份。

那一刻我非常恐懼，真怕他們栽贓我是人販子。那我豈不犯了大罪。

還好，黑人小夥子最終承認了並不認識我。

警察和工作人員覺得受到了戲弄，紛紛扇他耳光。啪啪的耳光聲淹沒了公路旁昏黃路燈的滋滋聲。

我心有不忍，大聲說，別打了別打了，放他走吧。

他告訴我的年齡如果是真的，那他還是一個未成年的孩子。

小夥子鑽進他們之間的縫隙跑掉了。

凌晨一點多，大巴終於閃著耀眼的車頭燈風塵僕僕地趕來了。我迫不及待地上了車，一車的黑人都睡得昏昏沉沉。我撿了靠窗的座位坐下。車緩緩啟動了，透過車窗向外望去，猛然發現那個小夥子在窗外跟著車跑。隔著玻璃向我打著手勢，瘦長的臉上雙眼瞪得燈籠一樣，滿含憤怒。

我急忙打開背包，掏出準備當夜宵的一袋麵包從窗戶裡扔了出去。對不起了，來歷不明的小夥子，我只能幫你填補一下你今晚的肚子。其餘的我就無能為力了。

只一會，車就把他拋在後面，我將頭探出窗外，發現他停了下來，撿起了地上的麵包。我這才有了一點安慰。此刻，納庫魯的夜空分外明亮。

第二天中午到達烏干達首都坎帕拉後，讀當天的英文報紙，有則新聞說：前日有幾十個精神病患者從肯亞瘋人院出逃，至今未被找到。

啊！！！

救命的設計

我大學的專業是藝術設計，畢業後卻到非洲來搞銷售了。

我的老闆趙長天不知何種原因非常鄙視藝術生。他說國內學藝術的都是笨蛋敗家子。考不上學，才以藝術的名義混進大學的。我聽了自尊極度受傷，一度想放棄這份工作。但一想到還算不錯的薪水，只能忍辱負重地幹下去。我也暗暗地給自己打氣：我的才華總有放光的時候。

趙長天總的來說是個好人，好人的毛病他也全有。

一是他有點虛榮。在有華人的酒場上，愛把自己來非洲的原因歸結為那場年長久遠的政治運動。運動過後，在國內受打壓，不得已來到這裡。在國外有部分人以曾參與這場運動為榮，給自己臉上貼金。我心想，以你現在護照上的年齡來推算，當年你的屌絲還沒有眉毛長呢。怎可能參與那場運動。

二是他愛去賭場賭上幾把。但是他手氣很臭，十賭九輸，很少見他贏過。他老婆容忍不了他去賭場，暗地指示我：只要他前腳進了賭場的門，你後腳就打電話告訴我，我抓到現形後，給你獎金。為了多拿獎金我到希望他去賭場。一次我對趙長天開玩笑說，我還不會玩俄羅斯轉盤呢。他說等你嫂子回了國，我帶你去賭場教教你。他在這裡做了十幾年建材生意，生意紅火，在華人圈裡也小有名氣。他夫妻倆經常輪流回國進貨。

中秋節前，趙長天回國了。我說你給我捎幾本莫言的小說來吧。他有些不情願地說，行，行。又白了我一眼說，人家莫言能寫出諾貝爾文學獎來，你這藝術家能搞出啥名堂來？我氣得不行，又無可奈何。全世界學藝術的好像都與他老婆有過一腿似的。

一個月後趙長天回來了。在機場接他時，我吃了一驚。回國的時候他的平頭四方臉還肉嘟嘟的，此刻他身上和臉上的肉像是被抽去了。瘦得只剩下一副空殼。見到我他一臉的悽楚。

我問他是不是病了？他說不是。

沒病那你為什麼瘦成非洲難民了？

他說一言難盡。

我說嫂子在家做好了飯為你接風呢。

他說不急，讓我開車帶他去了一個義大利人經營的酒吧。

一人點了一瓶德國黑啤。他無心喝酒。我飲掉半瓶後，他說我活不了了。

我說你開什麼玩笑，你什麼都不缺了，兒女雙全，父母健在。正是事業有成時，你在幸福之路上剛起步。

我猜想他得了絕症。安慰他說現在什麼疑難雜症也難不倒現代醫學了。

他說，真的。我活不下去了。我輸了了四千萬，是人民幣，不是先令。

什麼?我大驚。差點把喝進去的黑啤噴出來。

他們逼我兩月內還清，還不清的話，國內我父母和兩個孩子的生命就岌岌可危了。他們有黑社會背景，心狠手辣，說到做到的。

我不知道該怎樣安慰他了。

他說，多年冷淡的朋友，我回國後一下子跟我近乎起來了，一開始我就覺得有圈套。但沒能抵擋住誘惑最終還是去賭了，中了他們的計。我所有的財產加起來也不夠還賭債的。只有我自殺了，他們也就不會再追究了。我的父母孩子也就安全了。

我說你先不要這麼極端，總會有辦法的。

回到住處，無意中瞅了一眼擺放在床頭上的中國近代史。

我忽然想起了袁大公子偽造輿論忽悠他爹袁世凱稱帝的歷史典故。

我打開電腦重新撿起已經荒廢多年的設計，PS了一張趙長天在自家倉庫上吊自殺的照片，雙眼圓睜，舌頭長長地耷拉在嘴唇外面，栩栩如「死」。我讓老闆來我房間看他的照片。他哭喪著臉說，我還沒死你就咒我死了，不過這也是我考慮過一種死法。

我說老闆，你不用死了，我聯繫這裡一家英文報紙的負責人。我們出重金，讓他利用職務之便，偽照其中的一個版面，把你的照片配上，再讓他寫一份關於你自殺的報導。就說死因未能確定，似乎與賭債有關。你把報紙快遞給你父母。當然在父母收到報紙前你得讓他們明白是怎麼回事，以免老人受到精神打擊。然後讓你的父母拿著這份報紙去找誘惑你賭博的人和向你逼債的人，質問是不是他們逼死趙長天的。鬧得你們那裡盡人皆知你死了。然後讓你父母和孩子以收屍的理由速來非洲。這樣你們就沒什麼危險了。趙長天聽了我的主意連連點頭。

他老婆知曉他的事情後大吵大鬧了一番，但木已成舟，無可挽回，也只能同意他這樣做。他父母收到報紙後十天，老人孩子就到了非洲。

趙長天心裡還是不踏實。如果有人知道了他還在坦尚尼亞，總有一天關於他詐死的消息會傳到國內的。

他們照樣有辦法在這裡結束他的生命。

他和妻子把生意和財產迅速轉移到美洲的一個的國家。臨走前幾天，他說跟我一起去吧。是你的藝術救了我。我這一輩子都會感激你的。到了那邊我給你投資一個設計公司，將來你只把本錢付給我就行。以前我說的刻薄話你不要在意，年輕時我曾經的女朋友被一個學藝術的搶走了。

當初學設計只是為了將來一天能夠糊口，沒想到還會救人。

我覺得非洲挺舒服的，自然不會跟他去美洲。他們一家像人間蒸發了一樣，至今我都沒有他們的消息，也不知道他們在美洲的哪個國家。

同是尼羅河畔人

尼羅河發源於烏干達維多利亞湖的白尼羅河和衣索比亞高原的青尼羅河，在蘇丹首都喀土穆匯合之後流入埃及，最終注入地中海。一次我們在白尼羅河乘船遊玩的時候，面對著波瀾壯闊的河面，一個問題突然閃入我的腦海：同是尼羅河畔人，為什麼下游的埃及人早在西元前幾千年就締造了古埃及文明，而處於上游的非洲人沒能創造出惠及人類的文明呢？

我試圖找到原因。先看看埃及的情況。

埃及國土面積的三分之二被撒

哈拉沙漠佔據著。在草都不長的黃沙裡人類難以生存，因此從南向北縱貫埃及東部的尼羅河就成了埃及人的生命線—母親河。在埃及境內的尼羅河，每年六月至十月定期氾濫，八月份河水上漲最高時，淹沒了河岸兩旁的大片田野，人們紛紛遷往高處暫住。十月以後，洪水消退，帶來了尼羅河豐沛的土壤。在這些肥沃的土壤上，人民栽培農作物，因此乾旱的沙漠裡形成了一條綠色走廊。在這條綠色走廊裡，人民推算河水氾濫的規律，計算建築的高度（不至於河水氾濫時被淹沒）把握種植的季節，想辦法把河水引到高處的農田。經過長久的思考和研究，於是代表人類高度文明的數

學，建築，農學等逐漸形成。

而處於上游的非洲人的環境舒適，尼羅河兩岸森林密佈，水果豐富多樣，動物成群結隊，河水緩慢，從不氾濫。位於兩岸的非洲人，自然不用擔心吃住的安危。渴了，上樹摘個果子或蹲在岸邊掬水可飲。餓了，下河抓條魚或挖個陷阱逮個野物。冷了，拿獸皮裹住身體。睏了，鑽進茅草屋一躺。優哉遊哉的生活勝似天堂。沒有什麼事情值得去思考去煩惱去痛苦，上帝把一切都為他們準備好了，很少見到非洲人愁眉苦臉。這樣幾千年下來，他們生活方式沒什麼改變，當然也就不會進步，文明自然不會光顧。

在逆境中，下游的埃及人登上了人類古文明的頂峰。在順境中，上游的非洲人保持了幾千年的原始生活。

同是尼羅河畔人，竟有如此不同的差距。

湖邊燒烤・猴子・狗・警察

我們開車到達恩德培植物園門口時，時間尚早。一進園便覺得鳥聲沸天，路兩邊淨是些幾抱粗的參天大樹，鳥兒在看不清的樹梢上飛來飛去，猴子們坐在樹杈上觀望行人，有很多分岔的小路能把人帶到曲徑通幽處。烏干達有四百多種鳥，在哪兒都能聽到鳥鳴，工廠的花園裡經常有猴群來偷食香蕉，所以我們對鳥鳴、小猴、鮮花，大樹早已覺得熟悉平常引不起多大的興趣。植物園盡頭是維多利亞的湖邊，我們一夥人此行的目的就是在湖邊燒烤。兩輛車的後備箱裡裝著烤架、木炭、汽水、啤酒、雞肉香腸，串好的牛肉串、羊肉串、饅頭片、羊腰子、土豆片、蘑菇條。對著蔚藍的天；浩渺的水吹著來自湖面的風，一邊吃燒烤，一邊喝啤酒，人生至樂莫過於此。

把車停在臨湖的一棵巨樹下面，打開後備箱取出烤架。一位打魚歸來的當地黑人小夥子特別熱情地和我們打招呼。他主動說他很會生炭火，正好我也不想因為生火而把手和臉弄得黢黑。便把炭箱子、火扡子、炭夾子交給他。等火旺了，到時給他一瓶啤酒幾個肉串，讓他也感受一下週末享受美食的快樂。

我們幾個沿著湖岸散步，看湖中波浪很有規律地衝擊岸邊的細沙。遠處湖面上還浮著幾艘打魚的小木船，緩緩地移動。漁夫光著膀子甩起胳膊撒網掔起身子收網。白翅粉色細腿的鳥兒貼著湖面飛翔。

我們返回來那會，烤架上的木炭已霹靂啪吧炸響，火星四濺火苗上竄。我們取出折疊桌子和肉串。我把各種調料碗放置妥當，開始放串起烤。我對小趙、小李他們幾個說你們就等著吃吧。

他們說是不是有點早了，我說我慢慢烤你們慢慢吃，今天有的是時間。

火勢更旺了，肉串上烤出的油開始下滴，滋啦一聲落在炭塊上，冒出一陣煙或騰起一團火，香氣四溢。每個人的眼光都不由自主地投在了這一排泛著油光的肉串上。他們幾個迫不及待地打開了啤酒。

我拿起一串滋啦冒油的羊肉串遞給一直站在我身邊幫我們生起炭火的小夥子。

他接了過去，下口時有些遲疑。問我：你確定這不是豬肉吧？

我說放心吧，這肉昨天還在羊身上呢。

他這才心無旁騖地吃起來，一串吃完，他手中的那瓶尼羅河啤酒也喝乾了。

我打趣他，穆斯林也喝酒？

他說我不是穆斯林，但我不吃豬肉，太髒。

小林說烤個雞肉香腸吧。

我說好。

我一轉身，一隻猴子竄到裝肉串的盆子旁側，伸爪抓起那包雞肉腸飛跳而去。十幾米外的幾隻猴子也望著我們這邊躍躍欲試。

小林氣得拿起火扡子追趕牠們。牠們在遠處很熟練地撕開雞肉腸的塑膠包裝，搶食起來。一隻小猴子因為搶得太兇挨了大猴子狠

狠的一巴掌。

我對不是穆斯林也不吃豬肉的小夥子說，你任務重大，得當一陣子管猴子的警察。他說好，又毫不客氣地打開一瓶啤酒喝起來。有他在猴子們只是遠觀，不敢前來。我也就能安心燒烤了。

從小路那邊走來一位當地的小夥子，比我身邊的這位瘦弱，身邊跟了一條也瘦弱不堪的狗，幾乎皮包骨頭。走進了才發現他的T恤前胸後背都有或圓或方或呈條狀的破綻，身上還泛著隔夜的酒氣，污濁不堪。像他這樣的酒量子在非洲隨處可見，平時身上沒錢，有了點錢也會馬上換成酒。奇怪的是，不知這條狗是怎麼想的，跟這樣的一位主人混，能不皮包骨頭嗎？

他很熱情地對我們大喊：你好，中國人。他用中文說的你好，用英語說的中國人。他說話的同時眼睛緊緊盯著我手中翻動著的冒著香氣的肉串。

我不想同他多打交道，拿了一串給他讓他快走。

他兩眼放光地接了過去，大聲說謝謝。轉身就走，一邊走一邊大嚼肉串，小黃狗跟在他身後只搖尾巴，又對他汪汪叫了幾聲。他扔給狗的是一根光溜溜的竹籤，狗低下頭在竹籤上嗅來嗅去。

他又返了回來。笑著對我說再給我一串吧，太好吃了。他嬉皮笑臉讓我對他沒有一點好感。

我很嚴肅地說，這是最後一串了，快點走。

不到五分鐘他又回來了。我對身邊的小夥子說小心他的狗，別讓牠把生肉串給叼走。

他說，我吃了兩串，但我的狗還沒有吃呢，你也給我的狗一串吧。

我看都不看他一眼。

我身邊的小夥子對他大聲斥責，用當地語言對他說：滾。

他很氣憤地回罵我身邊的小夥子：賣國賊。

小李性格火爆，摸起火扡子就要打他。他見勢不妙，轉身就跑。他的狗太留戀這裡的香味了也可能是太瘦弱了，跑得很慢。被打了一扡子才夾起尾巴跑快了一些。

他在遠處大喊我要去報警，抓你們這些壞中國人和賣國賊。最後他又用中文對我們大喊了一聲：馬勒戈壁。

我們沒有把他的威脅當一回事。只有小林有些憂慮，萬一警察來了怎麼辦，這裡的警察很難纏。

我們照舊吃串喝酒說笑。

小夥子喝了兩瓶啤酒後性格豪爽起來，告訴我們他要去船上拿幾條魚過來烤給我們吃。

我們說你真慷慨。

魚還沒有烤熟。一輛警車鳴著刺耳的警笛呼嘯而來，是一輛皮卡似的警車，車鬥裡載了四位持槍帶帽的警察，後排角落裡站著報警的人和他的狗。

小林看著他們臉都白了。小趙、小李也感到詫異。我心裡對自己說麻煩來了。

警察們跳下車。加上司機和坐在副駕駛的領導一共六位警察。

起初他們氣勢洶洶地走來，近了才發現他們的目光已經從我們身上轉移到了我的燒烤架上。牛羊肉串正烤得滴油，魚肉正烤得泛白。帶頭的警察臉色緩和了很多，一絲笑意從他臉上綻開。

他對我說，你好中國人。

我也說，你好，警察先生。我指著烤架對他說歡迎。

他盯著我手中的烤串，我馬上遞給他一串。他的同事也趕上來，我給他們每人分了一串。他們大快朵頤起來。我又指了指地上塑膠筐裡的啤酒，他們臉上個個笑容滿面，把啤酒瓶開得砰砰響。

我把盆裡剩下的肉串、饅頭片、羊腰子、土豆片、蘑菇條通通烤上，警察們的表情是那樣的迫不及待。

帶頭的警察吃完了三串喝了一瓶啤酒對我伸出大拇指說，中國人真會做吃的。

穿著破舊T恤吃過我們倆肉串的小夥子唯唯諾諾地走到警察領導身邊說，他們打了我和我的狗。

警察領導又咽下一口肉，眼睛望瞭望我手中的肉串和烤得焦黃的饅頭片，轉過頭去對他大聲說：滾。

摩的驚魂

下班回家的路上照例堵車，長長的車隊讓人望而生畏，開車上下班實在受罪。幸虧這裡不像坦尚尼亞的三蘭港那樣禁摩，我們除了開車還有坐摩的的選擇。每次坐的摩的都是見縫插針地從車與車之間車與路之間的空隙裡小心翼翼地擠過去，徒令車內的人心生羨慕和歎息地看我們嘟嘟遠去。

坐在摩的後座上，如果司機開得快只能雙手背過去緊緊抓住扶手，耳聽呼嘯而過的風聲，臉粘風中的塵土，眼觀一路的驚心動魄的場景，別的啥也幹不成。告訴摩的開慢點，他則會加速以證明他車技好到不用你擔心，好到不像實力派，阿彌陀佛，能夠安全到家馬上感謝佛祖保佑。

如果遇到一個負責的摩的司機，開的穩，在後座上我則可以抬眼望天，大部分時候蔚藍的天空中都有幾隻大鳥在飛，有滑翔的、有浮翔的、有衝刺的，向天空呈現他們的婀娜多姿、千姿百態，我往往會生出幾絲嚮往，在鳥的世界裡只有自由沒有擁堵，思緒被他

們感染，拉遠，於是一天的勞累煙消雲散。更多的時候我是右手反過身後握扶手，左手緊捏一本書，放到兩腿的間隙裡低頭享受一天之中不多的讀書時間，很是奇怪，我全然不在意耳邊的引擎聲、喇叭聲、尾氣排放聲，而且很快能沉浸到書裡面去。黃仁宇的《萬曆十五年》完全是在摩的上讀完的。我的這一修煉成果深得一位朋友的欣賞和佩服，他說他一坐上當地黑人的摩的，就兩腿打顫，生怕永遠到不了家。

最近新買了一批書，三十來本，熬夜讀，眼睛受累身心疲憊，為了解除眼睛的酸澀疼痛，這幾天坐摩的時只仰望天空或看在身邊疾馳而過的的車輛。時而望望空中的飛鳥；時而數數能看到幾個黃種和白種的女人。正無聊之際，看到前面的摩的載了一後座的雛雞，一個個手掌高的長方形牛皮紙盒子，羅列在後座上，繩子紮得緊緊的。每個盒子上都設有無數硬幣大小的孔，用來透氣，供小雞呼吸，透過小孔能看到牠們黃絨絨的部分身體，可能裝得太滿，呼吸不暢，就有很多小雞從圓孔裡探出頭來，唧唧叫著很是可愛。如果給我女兒買幾隻拿回家不知道她會有多高興。在伸出的小雞頭裡面，我忽然發現一個小雞頭動也不動，那一會正堵車，堵得水泄不通，摩的

見縫插針的功能也用不上排場了，我就久久關注那個一動不動的小雞頭，好幾分鐘，才抬了抬毫無氣力的頭，接著又垂了下去，這讓我很揪心。雛雞的死亡率高，我估摸牠正在生死邊緣掙扎，牠那樣可愛卻就要死了，牠眼睛裡流露出對生的無限眷戀，我很心疼。沒有當過父母的人，可能體會不出我那一時刻的心情。如果讓我手握一把刀去殺一隻大公雞，我能鼓起勇氣，但面對一隻雛雞的即將死亡，我卻心疼的無以復加。這是一種什麼樣的情感？濫情、矯情，還是對幼小的一份同情和憐憫？

擁擠的車道終於被越指揮越堵塞的交警疏通，我因心情低沉了一會，幾乎睡去。摩的猛一啟動我身子往後一仰差點倒過去，幸虧右手抓得牢。摩的很快就到了北環，北環路寬，是摩的開得最快的時刻，我只感覺耳邊生風，下了北環不遠就到了我住的地方。雖然離我們商店很遠，但一旦到了聯排別墅的住處，就感到非常的舒適和溫馨，通常都是到家時我老婆已把做好的飯菜擺上了餐桌。但那一天沒有按時到家。我閉著眼只感覺耳邊的風聲越來越小，摩的竟然停了下來，睜眼一看前面幾十米處，一輛油罐車停在路邊，後面出油口呼呼地向地上冒汽油。我知道一定是在堵車的時候有小偷打開了出油口，灌滿了他們自帶的桶或塑膠袋，又把蓋子蓋上了，可能做賊心虛，沒有把朝地面的出油口蓋子上緊就匆忙帶著贓物溜走了。油車一開動，到北環沒多遠，蓋子就被顛下來不知道滾到路邊什麼地方去了。等司機發現，油已漏了幾百米。司機當然知道汽油外漏的危險性，自然是停下車，跑掉，保命要緊。但那些瘋狂的附近的居民拿著洗臉盆水桶紛紛把油罐車圍了個水泄不通。還有很多路過的摩的紛紛開過去，也想分上一杯羹，這些瘋狂的民眾早已把北環堵得嚴嚴實實，很多到達這裡的車輛掉頭就走。我的摩的司機竟然又啟動引擎也朝油罐車開去，我說你停下來，停下來。他很不情願地停下來了對我說，我加滿油就帶你走，別著急。我說別去，很危險，只要有一點火星那油罐車就成了威力無比的炸彈。摩的很鄙視地看我一眼，仿佛在說，你那麼怕死？

我下了摩的，說你去吧，我在這兒等你。他甩下我，嘟嘟地開著過去了。我在原地害怕的竟然發抖，而不遠處的那些居民，正興高采烈地接油。由於摩的司機們沒有工具，正和接滿了一桶桶汽油的附近居民談生意。我恐懼的不能自已，感到那只雛雞就是我下一刻的命運，於是我反身朝來的方向拼命跑去，我跑得氣喘吁吁，跑

得熱汗淋漓，雙腿發虛。終於在我跑出一公里左右的時候我聽到身後一聲巨響，腳底下一陣抖動，一股熱浪衝擊到我身邊把我推得踉踉蹌蹌。我回過頭來看到巨響處騰空而起的火焰映紅了整個黃昏。

我回到家已經很晚，來不及跟我老婆解釋，咕咚咕咚一氣喝了三瓶啤酒。我老婆說，你瘋啦？

我說沒瘋沒瘋，我這是劫後逢生需要啤酒來壓壓驚。

我為那一刻的恐懼感到幸運。如果一切聽從摩的司機的安排，那麼在第二天的新聞上他們得注上一句：在死亡的五十多人中，含一名中國人。

世間的狗

如果你告訴一個外國人你喜歡吃狗肉，他（她）絕對會表現出一副驚訝又憤慨的表情。從此你們的生意可能會中斷，你們的友誼不會再有任何進展。因為他們把狗當成自家成員的一份子，最低也會把牠當成忠誠的朋友。你吃他們最可信任的親人或朋友，他們能不憤慨嗎？

我私下比較過中國的狗和非洲的狗，我得出一個結論：中國是狗的地獄，非洲是狗的天堂。

生活在中國的狗，特別是農村的狗，大都吃得肥肥的，按說牠們晚上看守門戶，冬天則可臥在草堆裡曬太陽，夏日躲在樹蔭下哈著熱氣納涼，深秋去田野裡追逐野兔或黃鼠狼，生活得優哉遊哉。但不幸的是，牠們很少有能幸福而優雅地老去的，因為咱們很多同胞喜食狗肉。那些散佈在中國九百六十萬平方公里上大大小小的狗肉館，生意都還不錯，這就決定了大量活躍在農村或郊區的狗要成為他們餐桌上的美食。於是就有了以狗為生的生意人，土話直接叫

偷狗人或藥狗人。他們拿了毒箭去射殺村邊的狗，拿了狗藥往有狗的人家院子裡投。第二天他們騎個三輪電動車，挨鄉串戶地提著個喇叭高喊：收死豬死狗啦，收死豬死狗啦。那些倒楣的養狗人家只得拖出狗的屍體以比糧食還便宜的價格賣掉。

我在南方一些小城的菜市場還看到過現買現殺狗的肉攤子，那囚在鐵籠裡的狗渾身瑟瑟發抖，眼神無助又淒涼地望著路過牠身邊的人，但命運已注定牠見不到當晚的月亮和星星了。因為第二天一早鐵籠裡囚著的是另一條花色和體型完全不同的狗，但瑟瑟發抖的身體和望人的眼神是一樣的。

近年來廣西玉林一年一度的狗肉節火遍全國，也臭遍了全世界。吃就吃吧還大肆宣揚，恨不得全世界的人都來玉林品嘗。每年在玉林愛狗人士和殺狗人士引起的衝突不斷。一邊對狗愛得痛哭流涕無以復加，一邊對狗拿著屠刀直流口水。雖然如此，也阻擋不了玉林狗肉節一年比一年火爆的趨勢。

如果說中國是狗的地獄，那麼廣西的狗就在地獄門口，狗肉節的前幾天，全國各省的狗都在紛紛來往地獄門口的路上。史記裡形容孔子的「累累如喪家之犬」，可以還原到牠們自己身上了。

而生活在非洲的狗呢，牠們大都能順其自然，或老死或病死或發瘋而死，我見得最多的是在公路上被車撞死的狗，血肉模糊一灘，令人觸目驚心。要是在中國早就被拖到狗肉館裡去了，但是這裡人不吃狗肉，只能等清潔工來把牠收走。狗之所以被撞死，一是太傻太懶，二是太相信人，愛屋及烏，連對人開的車也毫無警惕性。

這裡的狗大都懶洋洋的，由於地處熱帶，牠們經常在大樹的陰影下臥著睡覺，任人在牠們身邊走過，任大卡車在牠們旁邊的路上轟然而逝，都絲毫驚醒不了牠們的美夢。夢中不知吃到什麼口水流了一灘。這兒的狗很少對人狂吠，幾百年與當地人相處下來，牠們身體裡沒有形成對人恐懼的基因。不像中國的狗，見了生人先是狂吠一陣，等你拿起磚頭牠又夾起尾巴跑掉，這是對人恐懼最生動的表現。

以上所說的是非洲數量最多的土狗，而名犬則不同。在坦尚尼亞時我們老闆娘養了一條德國臘腸，卻取了個男性的名字：柯林頓。不知道老闆娘是愛死了柯林頓還是恨死了柯林頓。老闆娘整天嘀咕，抽空找個門當戶對的公臘腸配一配，生幾個到時候可賣可送也可以養大了看守門戶。我們工廠在郊區，四周只有簡單的鐵柵欄極易招小偷。沒想到母臘腸首先衝破了陳腐的門第觀念，不知在何日與當地的土狗配上了，直到牠飯量大增，肚子凸起我們才發覺。老闆娘歎息說，完了完了，亂了血統生下來一個不能要。果真生下來一堆花色各異的小狗，與當地的土狗無異，完全沒有牠娘的風采。兩週以後，這些小狗全被送了人，最後一隻有點羸弱，又飼養了兩週送給了鄰居，當地的一名律師。兩家隔得近，母子又情深，哪那麼容易分開，再加上我們這裡每天都有剩魚剩肉，這狗簡直是生活在天堂裡還日日吃葷。小狗當然要來蹭食。我們的工廠師傅老闞雖然年齡比我大兩輪，心眼卻小的看不清，對來蹭食的小狗極為不滿。一天我們在一層樓頂上（二層待建）吹著椰風望；著星星；喝尼羅河牌子的啤酒。在老闞大談他的風流史中我們每人不知不覺喝了幾瓶。有那麼一會靜了下來，只聽見各種昆蟲的鳴叫和窗下母臘腸啪嗒啪嗒吃夜宵的聲音，這啪嗒聲肯定傳到了小狗的耳朵裡，不一會牠就竄到牠娘身邊來了，加入了牠娘進食的行列。吃得正歡，老闞提起空酒瓶走到邊緣處下，探著身子瞅准了：狠狠朝小狗身上砸去。小狗的那一聲慘叫，驚動了天上的星星。牠歪著腦袋一顛一顛跑掉了，星星點點滴了一路的血，月光下看得清清楚楚。老闆在樓頂上大笑道牠再也不敢來了。是的狗沒有再來，律師當晚就循著血跡找過來。他已經查看了小狗頭部受傷的痕跡，絕不是狗咬的，只能是人為的，對著老闆，他心疼得幾乎落淚。他說要麼賠錢給小狗去看醫生，要麼法庭上見。最終以老闆賠十萬坦尚尼亞先令了事，第二天小狗頭上包紮了一圈紗布。還是歪著頭過來蹭食，看來狗改不了吃美食。後來無意中母臘腸咬了老闆屁股一口。我們暗笑說報應。

但願有那麼一天，世上的人都能夠善待世間的狗。我們在樓上享受清風明月、啤酒、風流往事，窗下的狗能夠安心進食，永遠不必擔心樓上會丟下啤酒瓶，更不必擔心有人從暗處射來毒箭或投下毒藥。

到那一天，世上的狗也享受到了普世價值。

懷念一棵樹

馬莊樹多。尤以棗樹、榆樹為最。春意盎然之際，榆樹花一盛開，街邊村頭就充溢著濃郁的香氣。這種香氣對於小孩最有誘惑力，在巷口胡同打鬧累了，我們就蹭蹭地爬上樹皮斑駁陸離的榆樹，伸手折下一枝枝的榆錢，扔到地面上，跳下樹後撿起來一把一把地擼著吃，又甜又香又嫩。多年以後對此還記憶猶深。夏末是棗的季節，因為棗樹帶刺不易攀爬，如果想吃到鮮棗，我們小孩子也自有辦法，每人去撿幾個凝結成團的土疙瘩，緊緊抓著一塊掄起胳膊把土疙瘩投進枝葉繁茂的棗樹冠裡，接著就會有幾個青棗兒劈裡啪啦落地。彎腰從地上撿起來，如果黏了一點泥巴，就在褂子上擦一擦，塞進嘴裡，嘎嘣脆，甜的讓人接著就想吃下一個。有一位老奶奶極愛小孩子，把我們撿到的青棗兒收集起來，回家在鍋裡一蒸，然後再踮著小腳，步履蹣跚地拿到街上分發給我們吃。我們幾個小孩搶著吃，現在我早已忘了蒸棗的滋味了。但老奶奶那清瘦的身影偶爾還會在夢裡一閃而過。兒時的很多事情都難以忘懷，尤其是成年之後，午夜夢迴之際，常常為那易逝的時光發出一兩聲感歎來。

然而童年最讓我感歎最讓我懷念的竟是馬莊的一顆白楊樹。

那時莊裡面一般不種白楊樹，只有莊外的小路以及國道的兩側才種著一排排的白楊樹。但是這些白楊樹一到年限，就被砍倒，或是用來換錢，或是用來蓋房。騰出地方栽種新的白楊樹苗，待其成材，再次伐倒，因此，方圓幾里，沒有幾棵白楊樹能夠比得上我們莊上唯一的，小忠叔家裡的那棵楊樹，它粗壯高大雄偉，我們三個小孩連起手來都不能把它圍攏過來，根連地下泉水，葉觸天空白雲。每次到他家，面對那棵樹，都有高山仰止的感覺。我們在那樹下玩耍寫作業，風一來，滿樹的葉子便嘩啦嘩啦地響，偶爾還能抖下一陣雨水。但樹幹紋絲不動。現在我還依稀記得它那銀灰色的樹皮，摸上去滑溜溜的。問小忠叔的父親，這樹多少年了，他也說不很清楚，只說有幾十年了。人活幾十年往往要歷經滄桑，樹活幾十年大部分時間都悠然度日，沉靜觀雲。

不知道什麼原因，那時總希望這棵樹能夠永遠存在。從莊上的各個角度都能望到它卓然挺拔的身軀。我希望它能夠繼續生長，長的更粗壯更高大，冬天為馬莊遮風擋雪，夏日為馬莊投下一片陰

涼，在我的心目中它是我們莊上的吉祥物。

我的這種期望只是小孩子天真的幻想。

春日的一個下午，放學歸來，發現樹已經沒了，急忙跑到小忠叔家，樹已經被樹商連根刨出，它平日的高傲挺拔此刻已經消失殆盡，葉子觸地，再也揚不起嘩啦嘩啦的動聽的聲響，猶如一位英雄氣短的豪傑。那一刻我心裡的某種東西好像也被刨去一塊，心痛的難以自拔。問小忠叔的父親，為什麼要砍掉它，他笑著說樹商給了一個好價錢，砍掉了樹，要在這塊地上蓋幾間新房。樹一倒，我們村就與別的村莊毫無分別了，都是一樣的貧窮平庸了。那時我才知道，一棵樹竟能改變一個村莊的精神面貌。

一棵上百年的樹，能為村莊增加多少古香古色。這些村莊都有上百年的歷史了，卻不能發現一棵上百年的樹，歲月的流逝只能從垂垂老去的人身上體現出來。貧瘠的鄉村愛用樹來救濟，生活實在艱難時就伐倒幾棵樹，這個難關也許就過去了。因此，一棵棵的樹都難以活到古稀之年。

其道理和我們這個國家容不下一棟棟古建築，一座座古院落一樣，都是因為窮，物資和精神上的窮困，逼迫人們推倒一大片、一大片古建築古院落，以便攫取高額的利潤。到處都是高樓大廈到處都是燈紅酒綠，貌似繁華，背後卻是精神上的空虛無著落。我們看不到宋朝的樹和建築，也看不到明朝的樹和建築，甚至也不容易看到清朝的樹和建築，我們的歷史缺乏縱深感，難以讓人體會出千古之悠情。

我們馬莊那棵高大挺拔的白楊樹迎風嘩啦嘩啦的招展著，還常常出現在我的夢裡。

象牙 象牙

二零一五年九月份送一位同事的女性朋友回國，那時同事還不會開車，我充當司機的角色，去機場的路上，他倆聊得不亦樂乎，談到隨身攜帶的土產品時，那女孩居然淡定地說，我帶了十雙象牙筷子。在中國，自古就有象牙筷子能驗毒之說。肯定有很多人巴望擁有一雙夠能測驗菜品是否有毒的象牙筷子。回到國內，一定能賣個好價錢，足以頂她一年的薪水。

她不知道，也許知道，但為了利益裝作不知道，她的行為正是非洲大象數目銳減的直接原因。整個非洲大陸只剩下四十二萬頭左右的大象了，每年非正常死亡的基本上都是被行兇者砍掉頭，以便得到完整無缺的象牙，偷運到歐洲或東亞，成為私人收藏的珍品。那些性烈不易被捕作的大象，在逃穿的過程中，僥倖保住了命，但長牙被打斷了，這些斷牙被製作成耳環、手環、耳墜、胸墜，甚至被製作成中國的麻將和筷子。人類的兇殘和貪婪終將會導致大象滅絕。

我對那個女孩僅有的一點好感瞬間消失了。我說，帶這東西是犯法的，知道嗎？

她毫不在意。她穿著一件帶帽子的灰色休閒上衣，她說過安檢的時候把象牙筷子藏在帽子裡，就能安全通過。她是同事的朋友，我不可能去揭發她，到了機場，還沒等她過安檢，我就馬上驅車逃離機場返回住處。我這人空有一腔正氣，但膽小，怕她出了事連累我們。同時我又希望她被查個正著，讓她為她的不法行為付出代價。但是你知道，非洲海關是何等腐敗，既使查出來，小姑娘向工作人員手裡塞點美元或先令，也就過關了。果然如那個女孩所說，她順利到家，還給我們發了平安資訊。用不了幾天，她就會拿著大把人民幣，隨心所欲地購物了。每年，像女孩這樣攜帶象牙或象牙製品順利出關的有多少？這些象牙會導致多少頭大象身首異處？

遇到這裡政府部門開展的類似中國的嚴打運動時，工作人員不敢造次，就會經常查到攜帶象牙的人，但處理的結果，無非就是罰款了事。在中國入境時檢查可能嚴厲些，查出來會判重刑的。但再嚴厲的海關都抵擋不住中國人私運象牙的熱情。前一陣子有個中國公司，業務是購買從維多利亞湖裡打撈上來的兩三百斤的大魚。清理乾淨內臟，放入冷凍集裝箱裡，集滿了一個集裝箱，就發往中國去，這些魚價格不菲，運到中國後，一般人享受不起。這個公司靠魚就能掙大錢，但老闆貪心不足，竟想到一個歪主意，把大象牙塞進掏空了的魚肚子裡。當然象牙比魚來錢更快，不知道這個老闆成功了幾次，但最終還是被媒體曝光，公司倒閉，老闆狼狽入獄。看來他走私的數目不小。我們中國人為了把非洲象牙帶回中國真是絞盡腦汁想盡了辦法。每當過安檢的時候，中國人總是高度緊張，猥猥瑣瑣的，讓別的國家的人所不恥。中國人的形象就這樣在國際社會上跟政府一樣總是名列後方。

有買的就有賣的。中國人對象牙的需求促成了一干專門獵象取牙賣牙的非洲當地人。這些人一窮二白，想著自己拿到錢後，短褲立馬能換成西褲，生活馬上能夠好轉，他們才不管大象銳減不銳減滅絕不滅絕呢，喝足吃飽穿好後才能考慮環境啊藝術啊等什麼亂七八糟高雅的事情。因此有個聰明老頭，他知道中國人的喜好，就挎個黑包，在這裡中國人的商店裡挨家逛，從他那個髒兮兮的公事包裡小心翼翼掏出手環、念珠、耳墜等亮晶晶的象牙製品，供中國人挑選。這個老頭笑嘻嘻肥嘟嘟的，他的這個生意，肥了他一人，瘦了大象群。

有一次我說，你這樣天天賣，終有一天大象被殺光，你會被餓死的。

他嘿嘿笑說，不會的，不會的，大象會生更多的象出來的。他的意思是象牙取之不盡用之不竭。媽的，象牙可不是蘇軾文章中的山間之明月，江上之清風。

一次我在店裡正忙得不可開交，他又來了，無端對他反感到極點，直接說讓他滾出去。他很不高興，生氣地說，我對待他的態度太粗魯。

我索性就更粗魯一點：馬上滾出去，我要叫警察了。

他一聽警察二字，就夾緊了髒兮兮的黑包，嘴裡嘟囔著 bad Chinese bad Chinese，溜走了。

哈爾濱山雞

元旦前後的哈爾濱最冷，即使身穿棉襖頭戴皮帽腳蹬毛靴，在街上待上半小時也能被凍透。一個學長約我元旦假期去他家玩。元旦趕到週五，加上週六週日等於三天小長假，可以在他家住上兩天，體驗一下睡東北大炕的感覺。週四下午直奔汽車站，我倆登上了一輛破舊的公共汽車，哈爾濱北去一個半小時就是師哥農村的家。城裡還有點溫室效應，車一駛出哈爾濱，像似進了西伯利亞寒流的中心，從關不嚴實的窗玻璃縫裡透進來的風凍的我手腳麻木，臉腮發疼。學長安慰我，馬上到了，我家炕上可暖和了，到時候咱喝點東北小燒，就著豬肉燉粉條，一會就暖過來了。趕到他家時，天已經黑了許久，但他們囤裡，被白雪覆蓋著，淡化了夜的顏色，幾頭肥大的黑毛豬嘴裡吭嘍吭嘍地哈著熱氣在院子裡的雪地裡拱來拱去，像是尋覓藏在雪下的豆粒。他家進門就是廚房，廚房裡挨著牆立一口大鍋，鍋灶裡松樹柴木正熊熊燃燒，從廚房走進裡間，才是暖烘烘的客廳，炕真大，占了半個客廳。

學長的父母和爺爺熱情接待了我。讓我脫外套上炕。正巧那晚學長的哥哥和女朋友也從哈爾濱趕回老家了，人多熱鬧，飯桌氣氛熱烈，足以融化窗外的風雪。酒足飯飽之後，我犯了難，怎麼睡呀，睡哪裡？我悄悄地問學長，學長說，就睡這炕上呀。

所有人都睡這炕上嗎？我問。

對呀。學長對我的提問感到莫名其妙。我被他的回答驚得目瞪口呆。

睡覺時間到了，大家在炕上一字擺開。從連著外間鍋灶的炕那端排起，學長他爸、他媽、他嫂、他哥、他自己、他爺，排在炕最末端的是我，一會兒他們就鼾聲四起了，躺在暖的發燙的炕上，我卻感到說不出來的彆扭。這時月色和雪光透過糊了一層塑膠和一道玻璃的窗戶裡照進來，照著我的無眠之夜。第二天一早，在他家吃過早餐，我就找了個理由強烈要求回哈爾濱。回城的公共汽車照例破舊不堪，又是早晨，吸進肚裡的每一口氣都冷的讓身體打顫，途中，一位婦女手拿著兩隻山雞上了車，雞冠周圍的毛紅綠相間，喙長脖子也長，身上藍寶石一樣的毛閃閃發光，只是眼中已沒有了銳氣，其中一隻腳上還受了傷，傷口處流出的血，凝結在了粉色爪子上。與她談了幾句話，知道這山雞是她老公在山上捉的，她送到酒店去賣掉。車快到站時我問她一隻多少錢，她說一百塊。我知道，哈爾濱的小雞燉蘑菇很好吃，我們寢室哥們聚會，這是每次必點的菜品之一。如果換成野山雞燉蘑菇，味道豈不更上一層，這才是真正的野味，想到這，肚裡的饞蟲蠢蠢欲動。於是打電話給室友，我們六人一人出二十五塊，今晚在學校外小飯店聚餐吃野味，大家全票通過，我從婦女手裡買下一隻山雞，拿到小飯店，給了老闆二十加工費，說中午給我們做好，我們準時來吃。東北老闆年輕豪爽，拍著胸脯說，交給我吧小夥子，我好好給你們做，一定讓你們吃的流哈喇子，杠杠滴。

到了寢室，大家或是看書或是玩遊戲。我們商議，這麼好的菜，該配什麼樣的酒，小唐從他衣櫃裡掏出了一瓶沂蒙老窖。我們大家眼睛一亮。中午還沒到，我們都餓的不行了，山雞的誘惑力非凡。因為我們誰都還沒有吃過這種野味。

我們奔到小飯店時，滿滿一鐵盆子山雞燉蘑菇已擺上了桌子，正熱氣騰騰地等著我們下筷。老闆說，你這山雞真大，比一般的雞大一倍，我只能用盆子給你們盛了。各位小弟，先嘗嘗這野山雞燉野蘑菇的味道如何。我們迫不及待，每人先夾了一塊。

我操！我們寢室老大驚歎道，真好吃，山雞就是山雞。他迫不及待地夾下一塊，同時向老闆伸了一下大拇指，以示表揚。

我們幾個吃了，感覺也很好，和老大的感受一樣。紛紛誇讚山雞和老闆的手藝。我們又點了幾個地三鮮之類的素菜，高大帥氣的老闆樂呵呵地進廚房為我們準備去了。我們的野味之餐正式開始了。

酒足飯飽，我們拿了牙籤剔牙。付了帳單，各自穿上羽絨服，飯店門外寒風裡又飄起了密密的雪花。我們不怕，吃了野山雞，喝了沂蒙老窖，身上暖和著呢，足以抵抗寒風冷雪的侵襲。

正欲開門離去，忽聽撲棱棱一聲，轉身一看，一隻山雞從廚房裡飛竄了出來，想從客廳裡逃出去，無奈門口站滿了人，牠只能撲騰幾下，膽怯地窩到牆角下的一張桌子底下。我走進一看，牠粉色爪子上的凝固的血液還沒有融化。

我憤怒得熱血沸騰，正想大喊老闆怎麼回事。我只聽到高大帥氣的老闆在廚房裡斥罵他員工的聲音：

你媽的臭逼，讓你把牠腳綁緊了，讓你把它腳綁緊了，你媽逼怎麼不聽！

非洲之瘧

直到我女兒出生的那一年，我才知道我血管裡流動的是〇型血。在那之前，因受地攤上八卦星座之類書的影響，我一直以為我是A型血，八卦上說A型血的人內向，恰巧我內向，就這樣在錯覺中生活了很多年。最近這段時日，我隨時準備著捐血。一位中國大伯在尼羅河源頭附近的小城金賈工作，有一天突然身體不適，忽冷忽熱，噁心乏力，去當地醫院就醫、驗血。醫生說不是瘧疾，就給他開了一些感冒藥。回到家中國大伯服藥後症狀反而加重，五、六天後，直接昏厥了過去。送到首都坎帕拉的國際醫院一查已是嚴重的腦瘧了，需要換血才有可能蘇醒，他是〇型血，這邊很多是〇型血的華人都主動去醫院捐血，換血之後的大伯曾經一度蘇醒過來，有了意識，但不久之後又陷入昏迷狀態。需要再次換血，上週日早晨接到請我去捐血的電話，我說保證一點到醫院。因為事先在家約好了一位朋友，他正在來我家的路上。為我不能立即去醫院捐血感到抱歉。中午和朋友匆匆吃了午飯，我就急急忙忙向醫院趕，剛開車出了社區門口，就接到他們的電話，說暫時不需要我過去了，上

午來了好多捐血的華人，暫時夠用，但將來需不需要再次換血還是個未知數。我仍處於待命狀態。

有朋友好心勸我，不要輕易捐血，對自己的身體危害很大，但同胞有難，在自己力所能及時，焉能不盡一點綿薄之力？焉能看著即將步入暮年的大伯客死異國他鄉？我於心不忍。

瘧疾是非洲的一種常見病，國內所謂的打擺子，寒熱病即是也。看得及時，服藥休息一下就好，一旦延誤了則會危及生命。這位大伯就是被當地庸醫的誤診給耽誤了。

非洲每年因瘧疾而死亡的人數遠遠大於因愛滋病而死亡的人數。這幾個月烏干達北部瘧疾爆發死了上百人，這些死亡的人中，大多數不是因為誤診，而是沒有錢購買價值八千烏干達先令（合人民幣十六元）的治療瘧疾的藥品，死得如草芥。

中國政府每年都會貸給非洲各個國家巨額資金，今年上半年光給烏干達就貸了四十四億美元，上了當地各種報紙的頭條，在這嚴重貪污腐敗的國家，這些貸款很難惠及到普通民眾，普通民眾也難以感受到中國的好。中國政府在這裡也沒有後續的監督機制，等到貸款一旦被當地政府官員揮霍瓜分貪污乾淨，就會腆著臉向中國政府要求延期還款，中國政府往往大筆一揮：免除債務。這些貸款除了肥了當地層層官員，於百姓無益，於社會發展無關。不如像美國那樣直接改為捐助實物，每件實物上都寫上中國捐助。比如食物，比如治療瘧疾的藥品。當非洲人饑餓時，他知道他吃得是中國捐助的糧，當他感染了瘧原蟲，他知道是中國的藥救了他。這種最直接的幫助，會給中國政府贏來全世界的尊重，從而不會被人家指責中國助長了非洲的貪污腐敗。

中國飯店

中國人吃東西，先講究味道再考慮營養。味道不好，營養再豐富也白搭，成不了名吃，流行不起來，靠它也發不了財。味道好了，其它一切皆可湊和。吃東西的環境可以湊和，製作過程中的不衛生可以湊和。只要味好，含有三聚氰銨也照吃不誤。因此中國人開飯店，都有幾個好味道的招牌菜。靠著招牌菜中國人能把飯館開遍全世界。紐約大街上有賣肉加饃的，非洲的小胡同裡也有賣油條的。其實國外的中餐廳，消費主力還是華人，在家講究吃，出了國更想法設法吃到地道的中國飯。能出國的，一般腰包都鼓囊囊的，不差錢，四五個人一桌，吃上一二百美元，挺正常。

肯亞首都奈洛比有家重慶飯店，生意火爆，特別是晚上，門庭若市，去晚了往往就沒了座位。得等上一桌的顧客用完餐，服務員收拾好杯盤狼藉的桌面才能輪到下一波人就餐。生意好了，老闆自然牛逼，膨脹得厲害。一盤算一合計，發現晚上利潤最大。中國習俗與外國習俗大不相同，中國人去飯店，點菜，吃飯，付錢，走人。

乾脆俐落。而當地人呢？慢悠悠進飯店，手拿一份報紙，點上一瓶果汁或汽水。慢幽幽地品它一下午或一晚上，再正常不過了。而掙錢心切的中國老闆哪能容忍這樣低消費耗時間的顧客。奈洛比的治安本來就不太好，打砸搶的事情時有發生，老闆就以安保為理由，下午四點以後只歡迎中國人或白人，當地黑人拒絕入內。這樣做，老闆自然生意興隆財源滾滾。估計老闆深夜數美鈔，興奮得睡不著。

一個晚上，當地最有影響力的一份報紙的主編心血來潮要請朋友去重慶飯店吃中國大餐，鐵板牛柳是他們的最愛，還未到飯店，哈喇子已外現。一到門口，保安則謝絕他們入內。習文弄墨的人都敏感，不但在中國在非洲也是。主編氣憤了，在我們國家，你們這樣明目張膽地搞種族歧視，這與日本人當年在中國掛出的牌子：中國人與狗不得入內 有什麼區別？義憤填膺又饑腸轆轆的主編回到家奮筆疾書到深夜。一篇聲討中國飯店的檄文寫畢時，重慶飯店老闆剛數完美鈔，計畫明日要進購的物項。

第二天一早檄文就上了報紙的頭條。一時輿論譁然，紛紛指則中國飯店老闆的做法。進而又激起了當地群眾對整體中國人的不滿一向在他們眼中吃苦耐勞，和藹友善的中國人瞬間變成了比《聖經》裡的撒旦還要壞還要作惡多端的人。街上的年輕人見到中國人或黃皮膚的亞洲人就高聲大喊：阿里巴巴（Alibaba，在非洲是騙子的意思。）

當地政府隨便找了一個理由便派警察把飯店女老闆抓了起來。當地年輕人組成隊伍遊行示威，反對赤裸裸的種族歧視。遊行至重慶飯店，便失去控制，闖入飯店，把裡面的冰箱、電器、沙發、桌椅等大物件全搬到了大街上，群情激奮的人要點火焚燒，要一把火燒掉被歧視的那種屈辱。幸虧警察及時趕到，鳴槍示威，才止住即將發生的暴行。

於是所有的中國飯店都不敢再營業。怕遊行的人打砸燒搶。

於是所有的中國人不敢再貿然上街。怕成為遊行的人解恨的對象。

政府部門也加緊了對中國公司中國公民的盤查。不規範的公司罰鉅款，沒工作簽證的中國人直接遣返。

以那個飯店老闆的自身素養做出的那個決定，在別人看來愚蠢至極。但對於她自己來說，她只意識到了那樣做很掙錢，根本想不到那樣做是赤裸裸的歧視，以及因這種歧視而引發的惡劣的影響。中國政府每年都會給予非洲國家巨額貸款，原本他們該對中國人民感恩戴德的，這樣的事件一發生，中國政府努力打造的海外形象瞬間坍塌破碎一地。

她只是無數海外華人中的一個而已，我在這裡批評她，其實我自己也比她高明不到那裡去。只是想通過批評他人也來警示自己。中國好的形象要靠每個人的努力。

非洲母親

威廉姆街一向是繁榮的，在這條街上幾乎能買到一切的生活必需品。烏干達周圍幾個國家的商人經年在這裡定點採購。街上人稠車密，所購貨物必須靠當地的小夥子們頭頂著送向商人指定的運貨車。不像我們中國人喜歡用背扛東西，他們一律不扛，就喜歡用頭頂。一個個或尖或圓的腦袋都有著驚人的爆發力，所頂貨物從十幾公斤到一百多公斤不等。看著他們頭頂著貨物走路，絲毫不費力氣，走得又快又穩還不影響與路過的女人打情罵俏，真令我「雖不能至，心嚮往之」，如果我也像他們那樣出力幹活，用不了兩月，我這一身顫巍巍的肥肉就會轉化成結實的肌肉。

我們商店的幾位頂貨工人，個個身強力壯，身上的肌肉塊塊突起，顯示出男性甚至是野性的力量，在陽光下黑得發亮，健美教練見了也會自歎不如。從商店門口路過的陌生的女孩子很喜歡停下來與他們談天說地，笑得花枝亂顫。最終雙方交換了電話號碼，女孩們才滿意興奮又戀戀不捨地離去。我們是不付給這些頂貨工工資的，他們來錢的門路就是客戶付了貨錢，他們把毛毯送到客戶指定的位置。他們往往是與客戶商定好了價錢才開始行動，一般他們都會開價五千先令，路遠的要一萬先令，一包毛毯重達一百二十公斤。，一天下來能掙三四萬先令（合人民幣七八十元），是拿固定工資員工的兩三倍。所以這些頂貨工，總是大聲說笑，大口喝酒，中午的飯菜裡必有牛羊肉，幹什麼都底氣十足。

魯瑪就是我們商店的頂貨工之一。以前他總在街上晃蕩，沒有固定的地方，自從他哥哥因為與未成年少女同居被抓去坐牢，他就頂替了他哥哥的位置。

一個雨後的下午，大家都吃了所點的飯菜。他們幾個坐在門口打盹，坐等要來購貨的客人。

一個年輕的女人領著一個小女孩跟著一名持槍的警察進來了，所有的人都盯著他們看。魯瑪坐不住了，騰地一下站了起來，嘴裡銜著的的牙籤掉下來黏在了他的鞋帶上，臉上現出驚恐又不耐煩的表情。

誰是魯瑪？持槍的警察問。

魯瑪指了指自己的胸口。

小女孩的衣服破破爛爛，但漿洗得很乾淨，臉上帶著無邪的笑容。女人則一臉淒苦，帶著孩子沒有收入來源的非洲母親們大都是這幅模樣，見著了魯瑪，她還按照他們非洲的禮節雙膝下跪給魯瑪行禮。

魯瑪看都不想看那女人。

你多久沒付撫養費了？警察問。

我忘了。魯瑪說話有些支吾不清。

魯瑪自從與一位路過商店的女孩一見鍾情繼而同居之後，便遠離了這個女人和女兒。如今那位女孩剛為他生了一個兒子。前幾天他還讓我欣賞了他手機裡兒子的照片，剛剛滿月，胖嘟嘟圓滾滾黑乎乎的，一雙眼睛賊溜溜地轉，煞是可愛。

你一天能掙多少？持槍的警察問。

一萬先令。魯瑪明顯在撒謊。

那你每天能給她多少？

三千先令。（不到一美元）。

三千夠嗎？警察轉向女人問她。

女人搖搖頭。

我當時有些不平，插了一句，他一天至少掙兩萬先令。

魯瑪扭頭狠狠地瞪了我一眼以示不滿。

經過一番討價還價，魯瑪答應每天付給女人六千先令。魯瑪在警察事先擬好的手寫的保證書上簽了字，一式三份。其中一份保存在警察那裡，防備魯瑪將來耍賴，到時警察可以強制執行。

在警察的見證下，女人先拿了一個星期的贍養費。淒苦的面容終於舒展開來，露出燦爛笑容，說要帶孩子去吃炸雞腿和炸土豆條。

等警察女人和孩子走了，我問他們，這女人為什麼不去找律師。他們說找不起呀，她們習慣了找警察，付一點錢警察就能幫著解決很多問題。

但魯瑪對我始終不滿。

你得每天幫忙我付三千先令。他竟然提出這樣無理的要求。

男子漢大丈夫，你要對你的妻女負責，而不是逃避，更不可以讓別人代勞。

魯瑪買了一小瓶烈酒，坐在門口，滿臉愁容地自飲自酌起來。

我對他們說，他這是幹嘛呀，至於嗎？

他們告訴我，在這個剛剛離去的女人之前，他還有一個女人為他生了一對雙胞胎女兒，比剛來的這女孩還大一歲，估計也快來找他了。他能不頭疼嗎？

非洲的這些母親們真像這兒的土地一樣肥沃，有些男人總是隨意播種卻不問收穫。

歐美來客

威廉姆街上的扛貨工人文化程度普遍低。一次有位滿頭大汗的年輕人卸下頭頂上的貨問我：What is my name？我一聽愣住了，你叫什麼名字我怎麼知道。隨即我明白他的本意是想問我叫什麼。在他們當中 Alex 是個例外，他剛從大學的歷史系專業畢業，畢業即失業。沒辦法只能到威廉姆街先當扛貨工過度一陣子，以免三餐不保無地可居。多年的學生生涯造就了他那副瘦弱單薄的身板。一個地道的文弱書生哪有氣力扛包？我清楚地記得他第一次扛包時的情景，那是我們公司最輕的一種貨包只有五十公斤。兩個小夥伴幫他抬到背上，他彎著腰兩手扶著背上的貨，牙齒打顫、雙腿劇烈地發抖，才邁出一步，那包貨就從背上側滾了下來。一旁的扛貨工哈哈大笑：

他像中國人一樣沒力氣。

Alex 一屁股坐到塑膠椅子上，嘴裡喘著粗氣滿臉黑裡泛紅。

他對笑他的人略有不滿，對著他們嘀咕了幾句布幹達語。我猜

測大意就是：燕雀安知鴻鵠之志哉。

因為氣力小 Alex 扛貨的機會不多，起初幾天頂多掙個午飯錢。但他從不氣餒，不管掙多少，他都保證午餐有肉。哪怕錢不夠借錢也要買一碗帶湯的牛肉，伴著米飯、玉米、麵餅、飯燋一氣吃完。當時我還笑他真是個吃貨。但他從來不喝酒，別的扛貨工寧可吃得差一些，酒是萬不能少一滴的。不到倆月 Alex 身上的肉眼看著多起來結實起來了，前胸後背厚實了不少，一彎胳膊肘肱二頭肌像乞力馬札羅山一樣凸起來。別說五十公斤的貨物，就是一百二十公斤的貨物他也能輕鬆頂起來。那些嘲笑過他的人都對他嘖嘖稱歎。有人對他說你得請我們喝酒，過去兩個月我借給你過好幾次錢。

Alex 豪爽地掏出兩萬先令給別人說去買一瓶威士卡大家分著喝。他笑著對他們說：永遠別小看有潛力的人。有了力氣的 Alex 對前程信心滿滿。有一次他私下對我說，我想自己掌控自己的命運，不想一輩子當扛貨的，也不想給別人打工。我想像你一樣開個商店，在我們家鄉的那個城市。我很贊成他對前程的規劃，覺得他是一個與眾不同的黑人。我說只要你開起商店來，我可以賒給你一定額度的貨物。他很感激地說好。我和他專門細算了一下他開店需要多少錢，他一天需要攢多少錢，最終算出來他得在威廉姆街幹上一年半。

我說你堅持下去，一年半很快就會過去的，你的商店將會隆重開業，到時我給你去剪彩，如果設置這一環節的話。

Alex很嚴格地執行他的計畫，別人頂幾包貨渾身大汗地休息的時候，最愜意的事情就是坐在商店門口喝上一瓶冰鎮汽水。但他從來不喝汽水只喝純淨水，純淨水比汽水幾乎便宜一半。

Alex在郊區租了一套簡易民房。雨天時候房頂上鐵瓦響成一片，晴天時候陽光透過鐵皮蒸得屋內悶熱不堪。他女友則把破舊的房子收拾的乾乾淨淨、利利索索，她是他在威廉姆街幹到第三個月時遇到的一位過路女孩。那女孩長得清純可愛甚得他心。他無數次想像過他女友在他家鄉的城市守著商店，他則開車來首都坎帕拉批發貨物。

可是，一年後的一天晚上，他把他的女友狠狠地揍了一頓。為此警察把他拘留了一個星期。等他從拘留所裡被釋放出來他的女友已經杳無蹤跡了。

當他再次出現在店裡，我看他整個人頹廢了很多，鬍子拉碴眼神黯淡無光。我說怎麼了，伴隨著他唉聲歎氣的講述，我知道了事情的原委。

一天下午他租住的地方來了兩位小夥子，告訴他女友是來找表哥 Alex 的。從三百公里外的農村遠道而來想讓表哥介紹個工作。既然是表弟，他女友就把他倆讓進屋裡。為了盡一下地主之誼，她讓他們在家坐一會她出去買些米和菜好請他們吃晚飯。她買東西回來一看傻眼了，家裡僅有的兩件電器電視機和手電筒，床底下積攢一年的扛貨得來的血汗錢統統被倆「表弟」順走了。為此 Alex 對她大打出手，更是被那不知從哪冒出的倆「表弟」氣得總想找人打架，那段時間別的扛貨工人不敢跟他開任何玩笑。

我勸他從頭再來說你還年輕不怕，你去銀行開個帳戶以後把錢存進銀行，誰也偷不走，一年半後照樣還能開商店。

他苦笑了一下說好。

沒了錢沒了女友的 Alex 開始像其他扛貨工人一樣喝起酒來。不過他與別人還是有點不一樣，他愛去近似紅燈區的地方，那裡酒吧林立，各種膚色的美女和帥哥擺動著搖曳動人的身姿在那一帶進進出出。Alex愛坐在那些酒吧裡，點上一瓶啤酒欣賞各國美女的舞姿聆聽帶勁的非洲音樂，就這樣消磨掉一個個夜晚。

一天他帶了一位五十上下的胖乎乎的白種女人來到店裡。他陽光滿面地與我打招呼，女人要買一條毯子以方便旅行使用，當地員工熱情地為她介紹各種款式。他小聲對我說，這是從俄羅斯來的貴太太，明天我要和她開始東非一月遊，從烏干達開始歷經肯亞、衣索比、亞坦尚尼亞、尚比亞、盧旺達，最後再返回烏干達。

我也小聲說，她這就是所謂的性旅遊吧。聽說有很多歐美女人來到非洲目的就是選一個像你這樣壯實的小夥子，瀟灑快活一陣又返回歐美。

他神秘地對我一笑，點了點頭。

她付你多少酬金？

一千美元。

一千美元可不是一個小數，他扛貨攢了一年還沒有攢夠兩千美

元。如果他接連帶上幾個富婆性旅遊幾圈就可以在他的家鄉開上一個大商店。

一個半月後 Alex 又帶了一位五十上下的胖乎乎的白種女人來到店裡。這一次，女人來自美國，長著一張大嘴說話口音誇張，她也要選一條毯子以便旅行之用，正和我的員工討論毯子的質地和價格。

Alex 悄悄告訴我，這位貴太太更富有，我這次帶她來個東非、南非兩月遊，酬金三千美元。

我很替他高興，別亂花錢，過幾個月你就可以回家開大商店了。

他笑著說是。

很快大家都知道了 Alex 的本事，既能與白種女人睡覺又能跟她們去最好的地方旅遊，住高級酒店吃美味食物，穿歐美男人那樣的襯衣和西服。這可是扛貨工們以前想都不敢想的事情。

他們休息時經常在商店門口討論 Alex，總是帶著一臉的羨慕和憧憬。Peter 對別人說，我長得比 Alex 還壯實還比他帥很多。他們很希望 Alex 快點出現在面前，分享一些他和白妞在旅程中浪漫的故事。

幾個月後當 Alex 一個人出現在我們商店裡時形象完全變了，讓所有人對他刮目相看，完全一副成功人士的模樣：白色襯衫、粉紅色領帶、深藍色西裝配上黑得鋥亮的皮鞋。頂貨工們都對他喊道：Boss Alex，請我們喝啤酒。他掏出五萬先令給別人爽快地說去買一打一人分一瓶。

我對他說你的錢足夠用來開商店了吧。

他面露難色地說，不好意思暫時開不了我下周還有旅行任務。

正在喝啤酒的曾經的同伴們圍住了他。Peter 說，你也帶我去認識幾個歐美富婆，我再扛一百年貨也是這個樣子，我想在大酒店裡吃牛排。

大家哈哈大笑。

Alex 有些鄙視地看他一眼說，你懂歷史嗎？你懂非洲各處的景致嗎？旅程中你如何與她們溝通？

這一刻終於顯出了知識的重要性。

Peter 他們瞬間興致暗淡下來。

Alex 靈機一動說，要不這樣吧，現在距我下周去旅行還有六天時間，你們每天下了班我給你們找個地方上兩小時的課，講一講常用的英語句子和非洲的歷史知識，你們每人交我一百美元。

Peter 第一個大聲說，我交。

又有幾個也說明天湊齊了錢交。

他們高高興興地把餘下的啤酒一干而淨，每個人的臉上都泛出異樣的光彩。

沒多久這些受過文化培訓的扛貨工人有三位找到了從歐美來買春的白種女人，Peter 是第一個找到的。這些歐美來客是他們最尊貴的女客人。

這大大鼓舞了其餘的扛貨工人，有的人在扛貨的時候還在背誦盧旺達的最後一位國王叫什麼；第一位總統叫什麼；烏干達的阿明死在哪個國家。

我的扛貨工人少了三位。

幾個月後，Alex 再一次光彩奪目被夥伴們前呼後擁地出現在我的店裡，我客氣地同他打了招呼，問他準備好開店了嗎？

他露出一口白牙哈哈大笑說，開商店只是我思想不成熟時幼稚的想法而已。

我大聲說，你不開商店就請你快點離開這裡。

他對我的反應有點錯愕。

我接著說，你他媽的，想把我這兒的扛貨工人全部挖走嗎？

非洲食肉記

非洲人吃豬肉好像比較著急，二三十公斤的小豬正是成長的黃金時期，往往就被宰了，掛在街邊小店裡出售。在非洲待久的中國人應該都有過買豬肉的經歷，一買就是一扇肉，凍進冰櫃，想吃了拿出來化凍，或炒或燉，極為方便。如果經驗不足，會發現做出來的豬肉雖然已經爛熟一咬即化，但滿滿一嘴濃濃的騷臭味，難以下嚥噁心想吐。那說明這肉來自生前未經閹割的一頭豬，可見這頭豬從出生到被宰殺之前活得都很幸福，沒經歷過被閹割的痛苦。這邊養豬的人一般也不大懂閹豬，總是讓豬仔沒心沒肺地恣意生長，需要錢了，不管其大小肥瘦，抓住就宰掉賣肉。這邊大多數人對這種騷臭味不以為然，照樣吃得津津有味，咂咂有聲。

我最多一次在街邊小店買了十五公斤，看著肉掛上的豬肉色澤鮮亮，口味一定不差，未經老婆同意就買回了家。她切了一塊做尖椒炒肉，上桌一嘗，尖椒的辣味始終掩蓋不了豬肉的騷臭味，於是心裡暗暗叫苦。終於被她埋怨得惱羞成怒，我說我把剩下的肉退掉去。讓店主退錢，一如他們所信奉的聖經上說的，這比駱駝穿過針眼還難。我用不著去自找麻煩，提著那扇肉送給了為我朋友做糕點的當地員工。第二天中午，幾十個人把那一鍋咕嘟咕嘟沸騰著的豬肉吃得熱火朝天飽嗝連連。我想如果讓他們大吃一頓沒有騷臭味的豬肉，恐怕他們再也不想回到從前。這裡缺少像在中國活動於廣大農村那樣的手藝人……劁豬師傅。一般都是兩人一個團隊，懷裡揣著劁豬專用的利刀，走街串巷，誰家需要就停在誰家的豬圈前，同主人談好價錢，他們便開始行動了，一個用腿壓住豬身，用手撐開兩後腿，另一個從懷裡的工具袋裡掏出利刃，對準位置，一刀下去，那豬的慘叫聲令全村其他人家的豬心驚膽戰惶恐不已。慘叫聲很快引來了村裡有經驗的老狗，幾隻老狗往往會為了那一對熱乎乎的睾丸或卵巢而彼此廝咬一番。村裡的老光棍一來這些狗就沒有機會了，他們喜歡拿炒熟的睾丸下酒。失去睾丸或卵巢的豬從此一心一意地長肉、曬太陽、睡月亮，七情六慾遠牠們而去。非洲人一旦懂了無騷臭味的豬肉是何等美味，那劁豬師傅的需求量會急劇增加，是將來能夠提高就業率的一個新興產業。

後來經人介紹我知道了首都附近也有大型屠宰場。在屠宰場裡

買的肉沒有騷臭味。試了一次果然如此。看來這印度人的屠宰場屬下的養豬場管理人員懂得閹割之道，很多酒店直接從屠宰場進肉。怪不得有段時間我一直納悶，在酒店吃得豬排都很美味，街邊買的豬肉回家一做就騷臭不堪。街邊小店裡的豬肉都是來自散養戶的豬，這些散養戶主有時連自己的孩子都無暇顧及，那裡還能想得到豬呢。街邊小店的顧客一般都是勞苦大眾，一次買上半斤八兩，生活這樣困難有肉吃就不錯了，肉質好壞不去計較。

一個傍晚開車經過一個不起眼的小街，街的中部道路兩邊停滿了豪車，至少有幾十輛。我幾次問人，這麼多車聚集在這坑窪不平的街上幹什麼？都不曉得。終於有一次我載著一位當地人開車路過，他告訴我，這裡有個烤豬肉店，烤出來的豬肉極具特色，特別好吃。我問他你吃過嗎？他搖搖頭。我說你沒吃過怎麼知道好吃，他說聞味就能聞得出來。

這勾起了我一試究竟的慾望。在一個空閒的晚上約了兩位同胞，一起去了那條難以找到停車位的街上。那個烤肉店在街邊一個胡同的深處，門極小，一入門便是一個大大的庭院，擺滿了塑膠桌椅，滿院飄著烤肉的香氣。但是院內燈光暗淡得很，看不清楚那些已經在享受烤肉的顧客的面孔，只能看到他們安靜坐在那兒咀嚼的身影和一張一合上下兩排白牙。

我們三人在一個角落處坐下，一人點一個烤豬耳朵、幾串烤肉。女侍者又問我們喝什麼，我們一人又點了一瓶尼羅河啤酒，一邊喝啤酒一邊等烤肉。烤肉的地方倒是燈火通明，那一排一排的烤架沿著牆根擺開，那面牆靠近炭火的地方泛紅，遠離炭火的上方發黑。一串串的烤肉在烤架上滋啦滋啦地爆響，那是肉塊在出油在收縮。

我一直奇怪，這院子裡的燈光為什麼調得這樣暗，一邊品酒一邊思考，終於明白了，燈光暗了，可以掩蓋吃客的狼狽樣，再怎麼大快朵頤都不為過，反正誰也看不清自己是誰。這樣不就增加了烤肉和啤酒的銷量。老闆真聰明，這滿院的顧客就是最好的證明。

啤酒喝得差不多，我們的烤肉終於端上桌，一人一個大鐵盤，盤裡是切成條狀的烤豬耳朵和去了鐵籤子的烤肉快，還有一堆洋蔥番茄沙拉。看不清楚這些食物的顏色，一律黑乎乎的，但能深切地感受到它們濃郁的香味，簡直讓人迫不及待。可是這裡不提供叉子更沒有筷子，只能在侍者端來的洗手盆裡洗了手擦乾淨，用手抓著吃。烤豬耳朵一入口，脆香清爽；烤豬肉塊一咀嚼，柔嫩香酥。於是在暗得看不清別人面孔的院子裡，面對著黑乎乎的一盤肉，手不知不覺加快了抓肉的速度，嘴巴不知不覺加強了咀嚼的力度，直到一盤肉盡了，我還砸吧著嘴意猶未盡。問他們倆夠了沒，他倆同我的感覺一模一樣。叫來了女侍者，她趕忙把帳單拿了過來，這帳單必須得借助手機的電筒才能看得清。我說不急不急，每人再添一個烤豬耳朵和兩個大串的烤肉塊。

這一晚上我吃到的烤豬肉比魯迅筆下夜間看戲所吃的燒羅漢豆要好上一千倍。

非洲求醫記

在異國他鄉有點小痛小恙，鄉愁會因此而無限放大，特別想回到故鄉療傷。他鄉與故鄉只隔著一張薄薄的機票，但大部分人還是省下了這張昂貴的國際機票，儘量選擇在當地就醫。在坦尚尼亞第一大城市沙蘭港就有好幾家華人開辦的診所。因為華人老闆同時兼任主治醫師，所以病人同他交流起來沒有語言障礙，一看到同胞來為自己號診，心裡就踏實了很多，一萬個放心，貴點也沒關係。出入華人診所的除了當地黑人女護士基本上都是華人。

有一次我參加一個中坦文化交流活動，在一所靠近印度洋海灣的中學裡面，我負責教學生包餃子。事實證明，他們對吃餃子特別感興趣，對製作餃子的複雜過程只保持了幾分鐘的好奇。文化交流活動一結束，我與幾位同胞在足球場上踢足球，多日不活動，身體笨拙不靈便，摔了一跤，球場地面雖然綠草如茵我還是扭傷了腿，於是去了一家華人私人診所就醫。

診所在一處不起眼的別墅裡，我們的車剛一進院子，看到一位身穿白大褂的中年醫生在送幾位客人。他臉上掛著自信的笑容，嘴裡不住地發出哈哈哈的笑聲，我心想一定是病人康復的消息讓他心花怒放。我在他熱情的招呼和同情的關心下一扭一扭地走進了醫療室。他讓我躺在病床上，看了看摸了摸我腿上疼痛的部位，給我的腿做了幾組拉伸拍打的動作。讓我放心，不是大毛病，給我開了一包麝香膏藥，一天貼一片，一周就康復。

他這樣一說我心裡石頭落地，因為一周後我要出差烏干達。

他坐在轉椅上說，其實還有一個更好的方法，立竿見影，那就是針灸，我很擅長針灸，一針扎下去，保證你舒筋爽骨疼痛全無，不過很不湊巧，前幾天我所有的針都被印度醫院的院長我的朋友 JACSON 博士買去了。我看到他診桌一角擺著一本厚厚的《針灸大全》，封面上落了一層厚厚的灰塵，估計他很久沒有翻過這本書了。

又閒聊了幾句才知道他姓許，在坦尚尼亞的人脈極廣，他那矮胖的身體裡時刻都在散發著正能量，傳播著中國的正面形象。

他說，我的朋友 JOSEPH 國土部部長，他的肩周炎就是我為他針灸好的；我的朋友ADO坦尚尼亞海事局局長，他的腰椎盤突出，是我為他擺正的……

還有教育局的領導、農業部的副部長、教育部部長夫人的病都是經過他的妙手才回春的。他的這番話讓我打心眼裡佩服他，只是對他說話的方式不太適應，開口閉口都是我的朋友某某某，必須掛上一個閃亮的令人望而生畏的頭銜方才顯出朋友的地位高貴來。如果他再說一句我的朋友胡適博士，那我相信他一定是從民國穿越而來的。

一星期後，我的腿還是疼，只是沒有先前那樣厲害。

同事老呂問我，你在哪個醫院看的？

我說許醫生那。

許醫生？那個矮胖子，他那你也敢去？

我說是呀，他可厲害了，坦尚尼亞的高官都是他的朋友，都稱他為來自中國的神醫。

他呀就是一張嘴。

老呂卷起褲子露出膝蓋讓我看，膝蓋和膝蓋下側留有一塊雞蛋大小的紫色傷疤。

我問怎麼回事？

去年我坐摩的摔了，膝蓋上磕了一層皮，出了不少血。我去他那看，他說小毛病，就拿了一瓶紫色藥水，說是他的獨家妙方，在我傷口上滴了一層，刺激得我咬牙忍痛。好了之後這片死難看死難看的顏色像紋身一樣去除不了。你呀！以後有什麼病去當地的國際醫院，畢竟大醫院正規，醫療器械也周全。

一個月後，老呂在車間一時疏忽被大鐵錘砸了右腳的大腳趾頭，指甲蓋都翹起來了，血肉模糊。但他硬是不喊痛，不愧是山東來的血性漢子。

我扶他上車，帶他去市里的那家國際醫院。那會已時近黃昏，我以為掛號不用排隊，走進大廳一看，排的隊伍都拐了兩道彎，我讓老呂坐在走廊座椅上，我去排隊。一個小時後終於拿到了就診醫生的卡號。醫生給老呂的大腳指進行了簡單的清理和包紮。

上夜班的一般不是資深醫生，給老呂包紮的這位是個健壯的小夥子，他做事有條不紊極其認真，包紮完畢後，他強調說，為了對你的腳趾負責，建議你去拍個片子，看看裡面有沒有骨折或骨碎。

老呂一想也是，於是拿起醫生開的單子去拍片子，在拍片處等了一個半小時才輪到老呂進B超室。拍完片子被告知一個半小時後來取片子。隨後的一個半小時真是難熬，又累又餓，好在準時拿到了片子。我倆回到醫生那，讓他根據片子診斷病情。一位護士在那醫生門口通知我們明天中午再來會診，那位健壯的醫生被派到別的醫院去做緊急大手術去了。

老呂無可奈何地說，大醫院也這樣不靠譜。

回到住處，我倆風捲殘雲一般把給我們留在飯桌上的飯菜一掃而盡。而後又在客廳的燈光下慢慢喝茶。老呂拿出片子，湊近燈下看。

我說我們又不是醫生看不出個所以然來，我掃了幾眼又坐下來專心喝茶。

他把片子幾乎快貼著白熾燈管了，越看越皺眉，用山東腔調說，日他奶奶哩。

我說咋了？

你來看看。

我拿張餐巾紙擦了擦眼鏡片又戴上，湊上去仔細看，片子的暗影裡只有一個腳後跟的大特寫，腳後跟的每一處骨頭都很端正，沒有絲毫的骨折或骨碎。

我的大腳趾骨頭呢？我的大腳趾骨頭呢？

日他奶奶哩，日他奶奶哩。

老呂罵個不停。

來非洲的中國男人

來非洲的中國男人，大部分都是單槍匹馬，帶配偶的不多。中國女人在這裡稀缺得像沙漠裡的泉水和綠洲。偶爾有中國女人在大街上走過，看到她的中國男人絕對比《四平青年》裡的二龍湖浩哥看到黑老大的女人琳琳更眼饞。雖眼饞，但大部分中國男人還是中規中矩安守本分的。中國男人在非洲待久了，又少有中國女人，難道只能打手槍嗎？那麼多非洲女人，為什麼不在她們身上練練即將生銹或啞火的槍呢？在大街上常看到歐美小夥子牽著當地黑姑娘的手有說有笑地走。在這裡的中國人比歐美人多，但少有中國人牽黑人的手。一次一位歐洲人問我，真奇怪，你們中國男人在這裡兩三年都不找女人，難道他們沒有性慾嗎？我當時不能明確地回答這個問題，只能說他們對遠在故國的老婆或女友比較忠誠。他們偷偷打手槍時沒有罪惡感，而真讓他們脫光衣服面對一個黑人時，他們靈魂都要顫慄了。

以我為例。講講我在非洲這幾年的經歷。

我在坦尚尼亞待滿兩年回國後，經常有朋友問我，你睡過黑妞嗎？啥滋味的？

我說我連摸都沒摸過。

朋友馬上向我投來不信認的表情。說，別那麼虛偽好不好，都成年人了？

我這時再強調再辨解也無用了。像曾經方舟子質疑韓寒有代筆一樣，他們先認定我睡過黑妞，再想從我口裡得到肯定。如我不配合朋友的假定，他們就懷疑我的人品了。

在非洲我之所以長期讓長槍保持在啞火狀態，一是我心理上接受不了黑女人，在坦桑時我還沒有認識現在的老婆，按說可以找個黑妞，但是我的雙眼看了二十多年中國女孩們的苗條身姿，潤白膚色，乍一看黑姑娘，又黑又亮，熱情得像燃燒的煤塊。就有些害怕，覺得一靠近就被燙死了；二是她們氣味太難聞了。中國人原來沒有狐臭，與周邊胡人逐漸融合後，胡臭即流行起來，狐即胡。因為非洲熱，幾乎人人有狐臭的黑人時時散發出令人作嘔的臭味。如果她們噴了香水，香水混和著狐臭從一米外向你襲來時，你甚至會把前天吃的飯菜吐出來。國內的人經常以買法國香水為榮，其實香水就是用來遮臭的。你噴，說明你有狐臭。當狐臭熏得你翻腸倒胃時，你的長槍就失去動力，努力向地心垂去；三是愛滋病在非洲流行，長槍出擊後，空蕩蕩的槍膛裡往往就注滿了愛滋病毒，於是發現杜甫的詩是為你寫的「出師未捷身先死，長使英雄淚滿襟」

基於以上三點，在非洲我從未亂開槍射人。想必很多中國男同胞和我一樣，時時把槍口對準自己的手，流行語說男人應對自己殘忍一點，說的就是這種情況麼？

當然，任何事情都有例外，我也見過中國女人嫁給黑人，中國男人娶黑人做老婆的。他（她）們的孩子不很黑，但也不白，接近歐巴馬的膚色。但願這些孩子像歐巴馬一樣將來令他們父母驕傲。

中國人裡面歷來不缺少奇葩，一個在烏干達中國商人，做的比較成功，有自己的工廠，任中國在烏干達華人商會的名譽會長。此公衣冠楚楚，頗有唐人風采，在自己工廠裡前後 defile（姦污）了八個當地的幼女，當黑人警察逮捕他時，他交出了一本韓國護照，名叫李文。他還挺知道維護中國人的名譽。警察拿護照到韓國大使館核實，查無此人，假護照。此人又拿出了一本中國護照，名為楊鐵丹。他已上了烏干達的國家電臺，新聞報紙，被拘捕的照片也已上傳到網上，他成了在烏干達的華人中最有名的中國人。人人罵他為國人抹黑。雖然這裡腐敗盛行，但是強姦幼女在世界各國都是重罪。況且他強姦了不是一個，而是八個。造成如此惡劣的影響，再腐敗的官員也不敢包庇他，恐怕他這一輩子都要待在黑人監獄了。黑人監獄歷來管理混亂，與眾多黑犯人關在一起，他那白嫩嫩的中國膚色，定會讓黑犯人色眼大開，成為雞奸的對象。這是他咎由自取自做自受。做為中國同胞，對他又痛恨，又惋惜。

此文寫後三年，我驚聞這位姦污了八位幼女的楊鐵丹在被抓一個月後花了幾萬美元被保釋了出來，隨後就逃之夭夭。烏干達政府正在通緝他。

舌尖上的烏干達之：中國味涼皮

當你身處異國他鄉，開始思念親人和朋友，那麼你兜裡有手機，手機裡有微信，只要你的手指輕輕一滑動，既能見其面又能聞其聲。無論在世界的什麼犄角旮旮都阻擋不住你與親朋好友互訴衷腸的自由。可是當你懷念起家鄉的食物，你只能在朋友圈裡翻找圖片，看著那些色香味俱佳的「食」片，只能望圖流涎，卻恨不能解饞。好不容易找到一家中餐館，往往是乘興而來敗興而歸，因為所做的飯菜只有中國菜的貌，而距地道的中國味相去甚遠。由於吃不到可口的飯菜和小吃，很多人的思鄉病日益嚴重。

如果你有幸來到烏干達的首都坎帕拉，如果你有幸入住新南京酒店，酒店一樓開著一家中國超市，超市里陳列著很多從中國遠道而來的食品，可以有效地治療你的各種饞，嘴裡再也淡不出一隻鳥來。而在超市的冷藏櫃檯裡往往陳列著一排（幾十份或幾份）中國味涼皮。如果你運氣不佳，可能見不到它們燦爛的面容，因為它們很暢銷，但不要遺憾，第二天就會有新的中國味涼皮陳列其上。

當你拿起一份，打開盒子，澆上配好的醬料，手執竹筷品嘗第一口，你就會產生一種穿越感，好似回到了中國的某個縣城某條古樸的街道。因為只有在這樣的縣城這樣的街道上的小店裡才能吃到這麼地道的涼皮。當你遊覽完了有「非洲明珠」之稱的烏干達，留給你最深印象的，除了波瀾壯闊的尼羅河、浩渺無際的維多利亞湖、野生動物聚集的默契松，可能還會有在烏干達旅居多年的小李製作的中國味涼皮。

是的，中國味涼皮是由小李提供給中國超市出售的，小李一直感謝中國超市能給這樣一個平臺。目前在國內大都市裡吃到的涼皮大都是由工廠大批量生產的，明淨漂亮彈性十足，但配料可疑，味道怪異，毫無個性。中國味涼皮是小李利用烏干達的原料手工製作出來的。每天晚上小李和三位黑人女工都要挽起袖子揉麵、醒麵、洗麵，再把麵筋和麵漿分開來，這一系列的工作需要小李和女工們幹上三小時，睡前再把麵筋蒸熟、麵漿冷藏。第二天一大早，小李就起來點起爐灶用面麵漿製作涼皮，這又要用去三個多小時，最後配上事先調好的醬汁和辣椒油。辣椒油獨具特色，是從好朋友舒姐和孫姐那兒傳承而來的。一上午忙下來頂多也就是做出五十多份。

隨後這五十份乾淨地道新鮮的涼皮被送到中國超市的冷藏櫃檯裡。每一份裡都有著小李辛勤細緻一絲不苟的勞動，這時剛好買到涼皮並把它吃了的顧客，真是極有口福。在最美味的時刻被吃掉，涼皮自身也感到榮耀。

如果你問我你怎麼這麼熟悉小李，這麼熟悉製作過程，對了，我忘了告訴你了，我是她老公，每天下了班有時還要被強迫做小工。

遠嫁非洲的中國女人

曾在一篇文章裡寫過非洲有些男人只管播種不問收穫，造就了一大批受苦受累的單身母親。這些男人到了廣州，根性未改，嘴巴更甜，見到中國小姑娘甚至中老年婦女，都要厚著黑臉皮上前搭訕一番。剛畢業的小姑娘涉世未深，一腦子的浪漫故事。一受到這些黑亮的男人的噓寒問暖，感動的不得了，以為遇到了真愛他倆將要上演一場浪漫的國際愛情。一旦他們的國際愛情生根發芽，她的國際愛人則莫名其妙地消失了，甚至都不知道他來自非洲的哪一個國家。女孩收穫的是黑色皮膚的孩子或者流產之後空空蕩蕩的子宮，空空蕩蕩的子宮尚能再次受孕，黑皮膚的孩子只能跟隨女孩一生。在廣州這樣的單身母親日益增多。多年以後，人們一提起巧克力城就知道是在說廣州。

有些男人很負責，決定把中國女孩帶到非洲成家立業，天真又執拗的女孩衝破來自父母的重重阻擾，毅然決然地跟隨酋長的兒子或什麼部長的孫子來到非洲。他們所言不虛，果真有的是酋長的兒

子，只不過是第十六個；果真有的是什麼部長的孫子，只不過是第二十八個。這些兒孫所分到的財產甚至不如中國的屌絲。中國女孩滿以為會得到一處開滿鮮花的非洲莊園，實際上是一所臨河的民房甚至一所茅草屋。非洲的男人不做飯，都由老婆來伺候，稍有不周，先是大聲辱罵，後是拳打腳踢，重則趕出家門。那些在家百般受寵皮膚嬌嫩的中國女孩開始了在非洲煙薰火燎痛苦不堪的生活。日子一久，男人的毛病逐一曝露，又懶又饞，在外喝酒，勾搭別的女人，夜不歸宿。中國女孩只能在破舊的房屋裡聽著蚊子嗯嗯聲對著窗戶垂淚到天明。

有個中國女孩被她財力雄厚的男友帶到了偏遠的山區，成了他的老婆之一。特意分給她一處院落，但門口有人把守，不能隨意出入，等於囚禁在裡面。等男友幸臨此處時她才可以緩解一下寂寞。

很多一時衝動遠嫁非洲的中國女孩經過現實的沉重打擊和非洲男人的百般折磨，精神上都出現了一些反常。大部分女孩經過華人商會或大使館工作人員的幫助，最終懷恨回到了國內，回到了曾經萬般阻擾她們來非洲的父母的家裡。但這悲慘的遭遇會以噩夢的形式伴隨她們一生。

有些中國女人真的是很能隱忍，硬是不回去，已經生了幾個孩子，紮下根了，也習慣了當地的風俗，生活起居飲食與當地人無異。她們也像非洲女人那樣，豐乳肥臀，粗壯的像個樹墩，經過非洲毒熱太陽長期的照射，多年以前那種嬌嫩雪白的皮膚已如亞麻布那樣粗糙。孩子越長越大，她們對祖國的思念也日益增強，卻始終鼓不起回去的勇氣。因為經過多年的努力，生活的也是一般。有的變得神神道道，有的變得麻木不堪，讓人同情可憐。

當然，以上所說的都是遠嫁非洲的中國女人不幸的遭遇，占大多數。

任何一個民族或部落，都會有一定比例的文化和商業精英。有些非洲男人利用老婆是中國人這一便利條件，與中國政府大力合作，做貿易搞工程與教育，弄得風生水起紅紅火火。中國女人與非洲老公經常出入中非合作的各種場合，風光無限幸福圓滿，但畢竟這是少數。雖是少數，但也是希望。

與欲嫁非洲男人的中國女孩共勉。

後記（再不來非洲就晚了）

連接烏干達與肯亞的那條國道，在烏干達境內要穿過一片原始林區，車子一接近這片林區，空氣就陰涼了下來，可以打開車窗盡情地吹吹風，呼吸一下濕潤的空氣。而在路兩邊灌木叢的樹蔭下，每隔一兩百米就蹲著幾十隻大小不一的狒狒，朝過往的車輛觀望。牠們對呼嘯而過的大卡車毫無反應，只關注小車裡的行人。路過的遊客總有對牠們感興趣的，把車慢慢停下來，從車窗裡投香蕉或芒果到路邊，狒狒們一擁而上，搶奪得六親不認，總有小狒狒被老狒狒打得暈頭轉向。

我還遇到過一隻老奸巨猾的狒狒。從邊境小城辦完事情返回坎帕拉的路上，我事先準備了一把香蕉幾塊麵包，等車到了狒狒跟前，開窗扔了出去。那個最壯實的狒狒搶到一根之後握在爪子裡並不急於吃掉，攜著香蕉越過車頭跳到黑人司機那一側的視窗，呆望著司機，希望司機也能施捨點什麼，真是貪得無厭。

但這樣的投食甚是危險。

遊客在路的左側給狒狒拋擲食物，路右側的狒狒看到了也會拼命越過馬路來搶食。這條穿越森林的道路沒有任何路障和限速標誌，過往車輛特別是油罐車總是呼嘯而來一閃而過，饑餓的狒狒們見了吃的，什麼都忘了，哪裡還能顧及生命安危？

我投擲食物的那幾次，總是小心翼翼，前後張望確保一兩分鐘內沒有別的車輛通過再投。但總有粗心的遊客一時貪圖狒狒們的可愛可笑，盡情地投食，致使從另一側跑來的狒狒被撞死在路中央。自從見過一團被撞得血肉模糊的狒狒屍體之後，我再也不敢停車投食了，寧可讓牠們去森林裡自尋食物。森林那麼大應該應有盡有，取之不盡用之不竭。

我問司機，為什麼這些狒狒喜歡過往行人施捨食物而不願去森林灌木叢裡尋野果子吃呢？

司機說，你開車感覺是在森林裡穿過，其實這片森林並不深，不到一公里就到到了盡頭，那邊的樹木早就被砍伐殆盡，林地被開發成農田或蓋成房舍了。

我才明白，近年來狒狒的生存空間愈來愈逼仄，人們無休止地砍伐、燒荒、開墾，種糧。本屬於狒狒的林地逐漸被人類蠶食。這個地區的狒狒總體數量一直在減少，一是逼仄的環境不利於牠們繁殖，二是牠們總喜歡到農田偷食香蕉和玉米，被農民用鋤頭打死的也不少，三是還有一定數量的狒狒死於車禍。

如果政府不加以重視和保護，這一片林區的狒狒總有消失殆盡的一天。只是我們不知道牠們還能堅持多久。

非洲人口數量的增長速度遠遠超過動物數量的增長速度，不光是狒狒的生存空間日益逼仄，其他動物也面臨著同樣的困境。雖然有動物組織協會不定期地為這片林區的狒狒投放食物，但那也只是杯水車薪，聊勝於無。阻止不了狒狒總體數量上的減少。

趁狒狒還在，趁非洲大草原上的各種動物還在，趁湖水裡的河馬鱷魚還在，趁非洲的樹木百 花開的正豔，想來非洲旅遊的朋友，不要再猶豫了。

再不來非洲就晚了。

國家圖書館出版品預行編目資料

非洲的激情果 / 秦克雨
作. -- 初版. -- 臺北市：博客思, 2018.01
面； 公分
ISBN 978-986-95257-6-3（平裝）

855 106022287

現代散文 3

非洲的激情果

作　　者：秦克雨
編　　輯：楊容容
美　　編：楊容容
封面設計：林宜農
出 版 者：博客思出版事業網
發　　行：博客思出版事業網
地　　址：台北市中正區重慶南路 1 段 121 號 8 樓之 14
電　　話：(02)2331-1675 或 (02)2331-1691
傳　　真：(02)2382-6225
E—MAIL：books5w@yahoo.com.tw 或 books5w@gmail.com
網路書店：http://bookstv.com.tw/　http://store.pchome.com.tw/yesbooks/
三民書局、博客來網路書店 http://www.books.com.tw
總 經 銷：聯合發行股份有限公司
電　　話：(02) 2917-8022　傳 真：(02) 2915-7212
劃撥戶名：蘭臺出版社　帳號：18995335
香港代理：香港聯合零售有限公司
地　　址：香港新界大蒲汀麗路 36 號中華商務印刷大樓
C&C Building, 36,Ting, Lai, Road, Tai,Po, New,Territories
電　　話：(852)2150-2100　傳真：(852)2356-0735
總 經 銷：廈門外圖集團有限公司
地　　址：廈門市湖里區悅華路 8 號 4 樓
電　　話：86-592-2230177　傳 真：86-592-5365089
出版日期：2018 年 01 月 初版
定　　價：新臺幣 260 元整（平裝）
ISBN： 978-986-95257-6-3